Irrésistible ivresse 2

Toko Kawai

SOMMAIRE

TAIFU COMICS

Irrésistible Ivresse
HARUNA ! PASSE-MOI LA SAUCE !
LA SAUCE ? OÙ ELLE EST ?
AH ! ELLE EST ICI !
GRAND-PÈRE ! TU EN METS TROP, NON ?!
MIAM
MIAM
BLAH
Arrête !
PAS DU TOUT.
SPLATCH
SPLATCH
ALORS, COMMENT IL EST, CE TONKATSU* ?
BLAH
DÉLICIEUX ! CE PORC EST VRAIMENT TRÈS BON !
MIAM
MIAM
J'adore le tonkatsu ! C'est un trésor national !
...
N'EST-CE PAS ? C'EST DU PLATINUM PORK.
On nous l'a offert, mais il est de bonne qualité.
*N.D.T. : LE TONKATSU EST UN PLAT DE PORC PANÉ, TRÈS POPULAIRE AU JAPON.
RAYONNE
HARUNA ! RESSERS-MOI !
OUI ! OUI ! ET TOI, MUTCHAN ?
S'IL TE PLAÎT !
Ce riz est délicieux !
Pourquoi il mange ici...
... comme s'il était chez lui ?
RAYONNE
Dis !
TON ONCLE NOUS ENVERRA-T-IL ENCORE DU RIZ NOUVEAU CETTE ANNÉE ?
Pour le remercier, je lui ai envoyé du saké !

NE MANGE PAS QUE DE LA VIANDE, GRAND-PÈRE ! PRENDS AUSSI DES LÉGUMES !
HUMPF ...
J'aime pas les légumes.
TOI AUSSI, MUTCHAN, MANGE DE LA SALADE.
CES TOMATES VIENNENT DU JARDIN DE LA VIEILLE DAME D'À CÔTÉ...
RAJOUTE
RAJOUTE
... DÉSOLÉ, MAIS JE N'AIME PAS LES TOMATES...
AH BON ?
OUI...
ALORS, PRENDS DE LA SALADE NATURE !
ZYEUTE
AH, D'ACCORD...
BON, DE LA SALADE « NATURE »...
SANS ACCOMPAGNEMENT ...
GRR
...
Voilà.
Tu ne veux rien dessus ?
Gêné
Pas quand c'est nature ! Ha ! Ha ! Ha !
Tout

Irrésistible
ivresse

PARDON DE TE DEMANDER DE M'AIDER À RANGER ALORS QUE TU ES NOTRE INVITÉ.
MAIS NON ! LE DÎNER ÉTAIT UN RÉGAL, JE PEUX AU MOINS FAIRE ÇA !
DIS-MOI SI JE PEUX T'AIDER POUR AUTRE CHOSE.
QUOI ?! NON !
JE DIS ÇA...
MAIS POURRAIS-TU APPORTER DU SAKÉ À GRAND-PÈRE ?
QUOI ? IL BOIT ENCORE ?!
IL BOIT PLUS QU'IL NE FAUDRAIT, N'EST-CE PAS ?!
C'EST CE PICHET, S'IL TE PLAÎT.
D'ACCORD.
J'apporte tout de suite des snacks.
*FOU **PION
VOICI VOTRE SAKÉ, PATRON.
HARUNA ARRIVE AVEC DES SNACKS.
*角行
CLAP
**歩兵
HMM.
CLAP

*MAWARI SHÔGI : SORTE DE JEU DE L'OIE JAPONAIS QUI SE JOUE SUR UN PLATEAU DE SHÔGI.

DOUBLE PAIRE D'YEUX PLEINS DE DOUTE.
Alors qu'il a grandi à l'étranger ?
Vu le personnage, c'est pas possible !
Mouais !
...
...
OH ! C'EST QUOI CES REGARDS SCEPTIQUES ?!
MALGRÉ LES APPARENCES, JE SUIS PLUTÔT BON, VOUS SAVEZ ?!
PATRON ! ON FAIT UNE PARTIE !
CRI CRI CRI
CRII
JE NE PERDRAI PAS CONTRE UN PETIT JEUNOT !
CRI CRI
*TOUR
QUE PENSEZ-VOUS DE ÇA !
CLAP
ÉCHEC !
!!
GROS CHOC
!!
Ouah ! Mise à mort instantanée !
C'est tout vu !
C'EST FORMIDABLE ! TU ES VRAIMENT FORT...
Super ! Génial !
CLAP CLAP
À LOS ANGELES, J'AI FAIT PLEIN DE TRUCS POUR ME FAMILIARISER AVEC LA CULTURE JAPONAISE...
MAIS J'ÉTAIS ACCRO AU SHÔGI.

Pourtant j'y avais pas joué depuis longtemps. Ha ! Ha !
Je vois ! Mais tu es vraiment fort !
CLAP CLAP
... C'ÉTAIT UN COUP DE CHANCE !
HEIN ?
Oh ! Le mauvais perdant est de retour. Tu devrais t'enfuir !
FAISONS UNE AUTRE PARTIE !
王将*
*ROI
ATTENDS !
ÉCH...
CLING
QUOI ?! C'EST LA COMBIENTIÈME FOIS QUE JE DOIS ATTENDRE !
ATTENDS ! ATTENDS !
ATTENDS ! S'IL TE PLAÎT.
Boo! Boo!
HA ! HA ! HA ! ALORS, JUSTE UN PEU !
QU'EST-CE QU'ILS FONT, CES DEUX-LÀ ?
DU SHÔGI ! COMME TU NE POUVAIS PAS, MUTCHAN LUI SERT DE PARTENAIRE.
MAIS IL EST TRÈS FORT !
JE REMETS JUSTE CETTE PIÈCE... LÀ.
Et ceci, comme ça...
QUOI ? VOUS POUVEZ PAS LES REPLACER ?!
...
C'est surprenant...

Tu as terminé ?
Pas encore. Je ne pense pas finir aujourd'hui.
TU VEUX DU SAKÉ ?
NON. DU CAFÉ.
D'AILLEURS, TES COMPTES NE SONT PAS JUSTES, HARUNA !
TU TIENS VRAIMENT MAL TA COMPTABILITÉ !
QUOI ? C'EST VRAI ?
ILS SONT À PEU PRÈS EXACTS !
COMMENT ÇA, À PEU PRÈS ?!
AAAH ! ATTENDS ! ATTENDS !!
GYAH
MINUTE, PATRON !
J'ATTENDS VRAIMENT POUR RIEN, LÀ !
GYAH
MOI, JE PERDS DU TEMPS À DE TE DIRE D'ATTENDRE !
HEIN... ? BON, ALORS ENCORE UN PEU.
GRAND-PÈRE A L'AIR DE S'AMUSER !
... ON DIRAIT QU'IL A UN NOUVEAU PETIT FILS...
ET SON PRÉFÉRÉ, EN PLUS !
ÇA, C'EST GRATUIT !
SI VOUS LIVREZ PLUS DE BOUTEILLES À MON EMPLOYEUR ! ♡
RÉPONSE IMMÉDIATE
ENTENDU.
HYAH !
Oh ! Oh !
DIS DONC, GRAND-PÈRE !
NE FAIS PAS DE PROMESSES DÉRAISONNABLES !
GROAR
ET TOI, MUTCHAN, ESPÈCE DE FILOU, NE COMPTE PAS LÀ-DESSUS !
De quoi parlez-vous ?
Ffuit ~♪

SI TU ARRÊTAIS, GRAND-PÈRE ?
DE TOUTE FAÇON, TU NE GAGNERAS PAS !
BIEN SÛR QUE SI !
TU EMBÊTES MUTCHAN EN LE FAISANT JOUER AUSSI TARD !
IL PEUT DORMIR ICI.
ÇA SUFFIT !
Ah ! Ah !
UH...
On peut pas faire encore une partie ?
Mais si, c'est bon ! Oui !
NNGRR GRÔÔÔ
Finalement, on a joué jusque tard dans la nuit...
...
C'EST LA PREMIÈRE FOIS QUE JE DORS ICI QUAND TOUT LE MONDE EST LÀ.
ÇA M'EMBÊTE PAS DE DORMIR DANS LE SALON, MAIS LE PATRON EST À CÔTÉ...
RRR
Les fois d'avant, c'était pour faire « ça »...
GRÔÔÔ GROUÔÔ
AAH... LES VEINES DU BOIS RESSEMBLENT À UN VISAGE...
C'EST TERRIFIANT ! QU'EST-CE QU'IL RONFLE FORT !

... JE ME SENS SEUL !
PLOC
NNGRÔÔ GRÔÔÔ
UH... UH
GLOUPS
?
IL... IL S'EST ARRÊTÉ ?! OU IL A CESSÉ DE RESPIRER ?!! HEIN ?!! QUOI ?!!
J'ai peur !!!
RHHH NGRÔÔ GRÔÔÔ
Ouf !
Je suis soulagé...
... MAIS QU'IL EST BRUYANT !
JE PEUX PAS DORMIR !
NRRR
IL EST LOIN...
ALORS QUE NOUS SOMMES SOUS LE MÊME TOIT...
JE NE PEUX PAS ÊTRE AVEC LUI...
Je ne l'ai vu qu'au dîner ! Et il avait l'air occupé ! Zut !
JE SUIS HEUREUX DE CÔTOYER TOUTE LA FAMILLE...
MAIS NOUS NE POUVONS PAS DU TOUT ÊTRE SEULS...
ET COMME IL TRAVAILLE BEAUCOUP...
IL VIENT TRÈS PEU CHEZ MOI.
GRUÔÔ GRUÔHH
LA FERME, PATRON !
JE PEUX MÊME PAS M'APITOYER SUR MON SORT...
...
GRÔÔÔ RHHH
NNGRÔÔ RRR
CRAC

TOC TOC
SWIP
TU ES RÉVEILLÉ ?
... OUAIS.
QU'EST-CE QU'IL Y A ?
IL Y A QUE...
JE VIENS TE REJOINDRE DANS TON LIT !
HEIN ?!
NON, EN FAIT, LE PATRON RONFLE TROP FORT ET JE PEUX PAS DORMIR...
AH, LES RONFLEMENTS DE GRAND-PÈRE.
Pas besoin de faire cette tête...
C'est quoi ce moteur à réaction... ?
Ah, ça !

DANS CE CAS, DORS ICI !
Gagné !
JE PEUX ?!
OUI. IL N'Y A PAS DE CHAMBRE LIBRE AU PREMIER.
ET IL Y A PEU DE CHANCES QUE JE PUISSE DORMIR CE SOIR, DE TOUTE FAÇON.
Ces comptes sont horriblement mal tenus ! Ils font la paire, les deux autres ! Je ne peux pas présenter ça comme ça !
ÇA VA SI JE LAISSE LA LUMIÈRE ?
Voyons...
...
IL Y A DES FUTONS DANS LE PLACARD, PRENDS-EN UN...
JE PRÉFÈRE...
« NATURE, SANS ACCOMPAGNEMENT. »

TU REVIENS ENCORE LÀ-DESSUS ?
AH, TU AVAIS COMPRIS.
J'Y REVIENS SEULEMENT PARCE QUE TU NE RÉAGISSAIS PAS !
T'AS QU'À PAS DIRE DE BLAGUE NULLE.
MAIS...
NATURE, SANS ACCOMPAGNEMENT.
=
Lettuce only, without dressing.
↓
Let us only, without dressing.
=
TOUS NUS, SEULS TOUS LES DEUX.
C'est une vieille plaisanterie américaine.
C'EST À CAUSE DE L'INDIFFÉRENCE D'UNE CERTAINE PERSONNE.
TAC TAC
AVEC GRAND-PÈRE ET HARUNA ICI, QUE VEUX-TU QUE JE FASSE ?
JE SAIS, MAIS...

Aujourd'hui, on est vendredi !
JE T'AI POURTANT DIT QUE JE PARTAIS EN VOYAGE D'AFFAIRES, EN DÉBUT DE SEMAINE PROCHAINE !
Ton monotone
VRAIMENT ? C'EST DUR. BON COURAGE.
AH, OUI. TU ME L'AS DIT.
À NEW YORK, HEIN ?
TAC
TAC
NEW YORK ET SAN FRANCISCO ...
JE PARS POUR DEUX SEMAINES !
Hein... ?
...
Boo
C'EST COMME ÇA QUE TU LE PRENDS ?! RIEN QUE ÇA ?!
ALORS QUE TON PETIT AMI PART DE L'AUTRE CÔTÉ DE L'OCÉAN POUR DEUX SEMAINES !
Boo
TU PARLES TROP FORT.
CHUCHOTE
IL POURRAIT PAS SE PASSER UN PETIT QUELQUE CHOSE DE PLUS ?
CHUCHOTE
COMMENT ÇA ?!
TU VOIS BIEN !
LA VEILLE DU DÉPART DE TON AMOUREUX AU LOIN...
TOUS LES DEUX PLONGÉS DANS UNE MER DE DRAPS IMPRÉGNÉS D'UNE JOUISSANCE ÉBLOUISSANTE...
DANS CE GENRE ! ♡
Je t'aime, Mutsuki ! Ne me quitte pas !
Shu...
LE BONHEUR ß
BEURK !
...
...

ET POURTANT, CES DERNIERS TEMPS, TU DIS QUE TU ES OCCUPÉ ET TU NE TE MANIFESTES PAS...
Pour moi aussi, le travail passe d'abord !
ET SI JE M'ACHARNE À VENIR ICI, TU ES DISTANT AVEC MOI...
Le tonkatsu était super bon.
...
J'AI FINI MA JOURNÉE EN TÊTE À TÊTE AVEC LE PATRON !
Finalement, j'ai gagné toutes les parties.
JE SAIS QUE TU AS BEAUCOUP DE TRAVAIL, MAIS TU POURRAIS AU MOINS PASSER UN PEU DE TEMPS AVEC MOI...
BAM
LA FERME ! T'ES UN HOMME OU QUOI ?!
GLOUPS
?!
CATAS-TROPHE... ?! J'AI TROP INSISTÉ ?!

UH...
HMM... !
UH...
Haa
SH...
SHU... ?
... DEMAIN, J'IRAI CHEZ TOI...
ALORS AUJOURD'HUI, PATIENTE AVEC ÇA.
HMM...

TU ES TRÈS SÛR DE TOI…
ÇA TE PLAÎT PAS ?
SI…
C'EST BIEN…
HÉ !
TU AS ENCORE INVERSÉ LES PANS DU YUKATA.
HEIN… ? QUOI ENCORE… ? C'EST LE MOMENT DE PARLER DE ÇA ?
AH… ! A… TTENDS !
POURQUOI TU ME TOUCHES LES JAMBES… ?!
POUR RIEN, ET ALORS ?
MINUTE… ! ARRÊTE… !
POUR-QUOI DONC ?!
… SI ON NE VA PAS COUCHER ENSEMBLE…
NE ME TOUCHE PAS… !

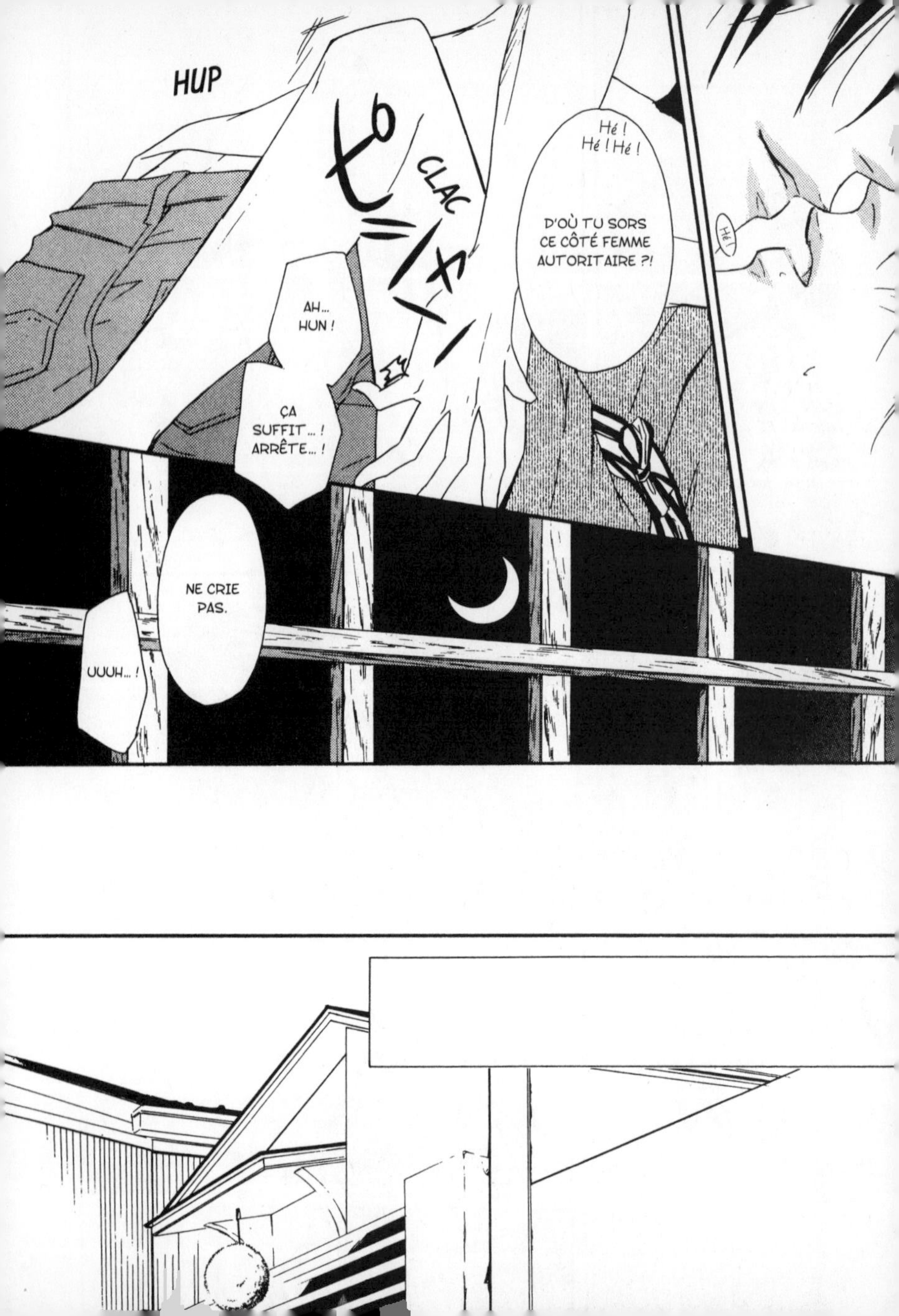

HUP
CLAC
Hé !
Hé ! Hé !
D'OÙ TU SORS CE CÔTÉ FEMME AUTORITAIRE ?!
Hé !
AH... HUN !
ÇA SUFFIT... ! ARRÊTE... !
NE CRIE PAS.
UUUH... !

BONJOUR.
BIENVENUE !
TIENS, MUTCHAN...
TU N'ES PAS EN COSTUME ?
JE SUIS REVENU DE VOYAGE D'AFFAIRES HIER, ALORS AUJOURD'HUI JE SUIS EN CONGÉ.
Tu t'es coupé la frange ? C'est mignon. Ça te va bien.
C'EST VRAI QUE TU ES ALLÉ À NEW YORK.
Merci ! Tu es le seul à l'avoir remarqué !
OUI. VOICI UN CADEAU POUR VOUS TOUS.
OUAH ! MERCI !
... EUH... DIS...
HMM ?
ZYEUTE
AH, TU CHERCHES MON FRÈRE ?
O... OUI. IL EST LÀ ?
BODOM
Elle a deviné avant que je demande. Suis-je si transparent... ?

IL N'EST PAS LÀ.
IL A DISPARU EN DISANT QU'IL AVAIT DES PETITES AFFAIRES À RÉGLER.
DES PETITES AFFAIRES ?
JE NE SAIS PAS OÙ IL EST ALLÉ.
IL NE M'EXPLIQUE JAMAIS RIEN !
Il se fiche pas mal de moi !
OUI, OUI.
C'est bien vrai.
CES DERNIERS TEMPS, IL N'EST JAMAIS LÀ ET IL NE RENTRE PAS SOUVENT À LA BRASSERIE.
Il revient le matin, alors ça va.
QUOI ?
?
MAIS IL A DES LIVRAISONS CE SOIR, DONC IL REVIENDRA EN FIN DE JOURNÉE !
OUI, C'EST ÇA. C'EST AUJOURD'HUI QUE NOUS LIVRONS CHEZ KOTCHAN !
Un de tes amis, n'est-ce pas, Mutchan ?!
CHEZ KOTCHAN ...
...
AH BON ? MERCI.
DRIIING
DRIIING
AH. OUI, J'ARRIVE !
BON, JE DOIS Y ALLER.
OUI ! MERCI POUR LE CADEAU !

AH, MUTCHAN !
DRIIING
GRAND-PÈRE A ENCORE ENVIE DE JOUER AU SHÔGI.
QUAND TU AURAS DU TEMPS LIBRE, TU POURRAIS PEUT-ÊTRE LUI SERVIR DE PARTENAIRE ?
D'ACCORD !
Dois-je perdre au moins une fois ?
Hum...
Mais non... Tiens ? J'avais pas un truc à lui demander ?
ALLÔ, BRAS-SERIE WAKA-TAKE.
*BRASSERIE
DIS DONC, TOI ! ÇA M'EMBÊTE QUE TU VIENNES AVANT L'OUVERTURE !
ALLONS, ALLONS !
TCHAF
Quand tout est prêt, viens quand tu veux !

IL NE VIENDRA PAS AVANT 19H ! JE SUIS LE DERNIER SUR SON ITINÉRAIRE DE LIVRAISONS.
HEEEIN ?
T'AS RIEN D'AUTRE À FAIRE QUE RESTER ASSIS AVEC UN AIR IDIOT ? AIDE-MOI !
EXCUSEZ-MOI ! UN AUTRE VERRE DE SAKÉ, S'IL VOUS PLAÎT !
OUI ! TOUT DE SUITE !
QU'EST-CE QUE JE VOUS SERS ? LE MÊME ?
EH BIEN... AVEZ-VOUS QUELQUE CHOSE À NOUS CONSEILLER ?
*SHUNKA **TENKO
OUI, EFFECTIVEMENT !
CES DEUX-LÀ !
天**香
*春香
TADAAH

«TENKO » ? JE LE CONNAIS JUSTE DE NOM…
IL EST CHER, NON ?
OUI UN PEU, MAIS TRÈS PARFUMÉ ET ASSEZ FORT. IL FAUT EN BOIRE AVEC MODÉRATION !
ET POUR MADEMOISELLE, JE CONSEILLE LE SHUNKA !
RLAN
Bon-soir !
Tiens ! Merci ! Je t'attendais !
Excusez-moi d'être en retard.
C'est pas ce que je voulais dire !
QUOI ? MAIS MOI, JE N'AIME PAS LE SAKÉ.
*SHUNKA
BEAUCOUP DE GENS DISENT ÇA, MAIS QUAND VOUS GOÛTEREZ UN BON SAKÉ, VOTRE MONDE VA CHANGER !
Ne boit jamais d'alcool.
C'EST UNE JEUNE FEMME MAÎTRE DE CHAI QUI L'A FABRIQUÉ…
AFIN QUE DES FEMMES QUI PENSAIENT NE PAS AIMER LE SAKÉ, PUISSENT L'APPRÉCIER.
… C'est quoi, ça ?
Il était désœuvré, alors je l'ai obligé à m'aider !
OH ! UNE FEMME MAÎTRE DE CHAI, C'EST RARE !
IL EXHALE UN DÉLICAT PARFUM DE POMME !
En mode perroquet.
DE POMME ? IL EST SUCRÉ ?
NON ! NON ! IL N'EST PAS SUCRÉ. IL EST LÉGER ET RAFRAÎCHISSANT.
C'est-à-dire sec et frais en bouche.
ON OBTIENT CET ARÔME PARCE QUE C'EST UN SAKÉ DE GRANDE QUALITÉ FABRIQUÉ AVEC SOIN !
OH, C'EST INTÉRESSANT !
JE VEUX ABSOLUMENT Y GOÛTER !

BON, JE VAIS VOUS FAIRE CONFIANCE ET GOÛTER LE SHUNKA !
ET MOI, LE TENKO.
OUI !
Merci beaucoup !
J'ai vendu du Tenko et du Shunka !!
KOTCHAN ! QUELS VERRES TU UTILISES POUR CEUX-LÀ ?
PRENDS DES VERRES À FACETTES !
AH !
TU ES LÀ !
J'ARRIVE TOUT DE SUITE, ATTENDS-MOI !
COMMENT ÇA, JE DOIS L'ATTENDRE... ?!
NOUVEAU ! POT-AU-FEU !
TU SAIS, IL POIREAUTE DEPUIS LE DÉBUT DE LA SOIRÉE...
...
C'ÉTAIT TA DERNIÈRE LIVRAISON, DONC TU N'ES PAS PRESSÉ, NON ? BOIS UN VERRE...
... OUAIS.

*N.D.T. : LE SHÔCHÛ EST UNE EAU-DE-VIE JAPONAISE.

ON N'Y PEUT RIEN...
Bah, c'est comme ça !
C'est le boulot !
VLINK
VLINK
DIS-LE-MOI À L'AVANCE, ET JE VERRAI CE QUE JE PEUX FAIRE.
si tu me préviens à la dernière minute, c'est pas possible.
AH... OUI.
JE FERAI COMME ÇA.
EUH...
Excusez-nous de vous déranger.
AH, LES CLIENTS DE TOUT À L'HEURE.
CE SAKÉ ÉTAIT ABSOLUMENT DÉLICIEUX. J'AI ÉTÉ SURPRISE QU'IL AIT VRAIMENT LE PARFUM DES POMMES.
ET LE TENKO ÉTAIT AUSSI TRÈS BON !
ÇA ME FAIT PLAISIR !
QUE LE SAKÉ PUISSE ÊTRE SI BON, C'EST UNE RÉVÉLATION !
MERCI DE NOUS L'AVOIR CONSEILLÉ.
Nous voulions vous en remercier.
DE RIEN. JE SUIS HEUREUX QUE CELA VOUS AIT PLU AUTANT !
Y A-T-IL TOUJOURS DU SHUNKA ICI ?
Je voudrais le faire goûter à des amies.
OUI ! N'EST-CE PAS, KOTCHAN ?
TOUJOURS !
SAUF SI J'AI TOUT VENDU, ÉVIDEMMENT.

C'est addictif, le Tenko, hein !
Vous vous y connaissez en saké, n'est-ce pas ?
Non. En fait, entre nous, je ne bois pas.
Ha ! Ha ! Ha ! Vous plaisantez !
CELUI-LÀ ALORS !
CHUCHOTE
IL SUIT VRAIMENT TROP SON PROPRE RYTHME ! DE TEMPS EN TEMPS, IL M'ÉNERVE SÉRIEUSEMENT.
Ha ! Ha ! Ha !
ON NE PEUT QUE L'AIMER, HEIN !
AH ! ELLE A UNE BOÎTE MANUELLE, CETTE VOITURE !
ÇA VA ?! TU NE SAIS PAS...
VLAK
VLAK
C'EST BON ! J'AI LE PERMIS POUR ÇA.

AU FAIT…
SI ON ALLAIT CHEZ MOI ?
… POURQUOI ?
« POURQUOI ? »… !
ÇA FAIT DEUX SEMAINES, NON ?! DEUX SEMAINES !!
T'es affreux !!
AH… JE VIENS PAS.
GROS CHOC
!!
J'AI DES CHOSES À FAIRE DEMAIN MATIN !
Tu habites loin.
A… ALORS…
ALLONS À L'HÔTEL.
À L'HÔTEL !
… COMME D'HABITUDE, TU ES SUPER DIRECT.
Y'a pas d'autre façon de dire ça !
GRR
SI JE SUIS PAS CLAIR…, QUI M'IGNORE, DÉJÀ ?
Hep…
GRUMPF !!
GNIPP
La ferme !
DANS CE CAS…
…

HMM ?
HMM ?
RIEN DU TOUT...
OÙ ON VA ?
C'EST BON, ROULE !
ON RETOURNE À LA BRASSERIE !
QUOI ?! POURQUOI TU NE VEUX PAS ?!
TAIS-TOI ! ON VA CHANGER DE VOITURE ! OÙ VEUX-TU ALLER AVEC CELLE-CI ?!
QUOI ?
Cette voiture ?
*BRASSERIE WAKATAKE
AH !
Camionnette de la brasserie
PFF...
HMM...
... HÉ !

QU'EST-CE QUE TU AS ?! TU ES VRAIMENT CALME, AUJOURD'HUI !
OÙ EST PASSÉ TON ENTRAIN HABITUEL ? TU ES FATIGUÉ À CAUSE DU DÉCALAGE HORAIRE ?
HMM...
CE N'EST PAS ÇA !
C'EST QUOI ?!
QUAND ON AURA FINI, TU VAS RENTRER CHEZ TOI, NON ?
JE N'EN AI PAS ENVIE...
JE NE PEUX PAS TE LAISSER PARTIR AUSSI FACILEMENT.
... QUAND TU ES AUSSI AGAÇANT...
JE DÉBANDE.
MENTEUR !
FLAC
HUN...
PFF ! PFF !
ARRÊTE !
Haa
UNE MER DE JOUISSANCE ÉBLOUIS-SANTE...
NE RECOMMENCE PAS AVEC ÇA.
JUSTE UNE FOIS, JE VEUX COUCHER AVEC TOI TOUTE LA NUIT, PUIS LE MATIN.
NATURE, SANS ACCOMPAGNEMENT.

GRIP
... QU'EST-CE QUE TU DIS, TOI... ?
HMM ?
... RIEN.
CRAC
NON... PAS ENCORE.
UH ! ATTENDS... !
JE N'ATTENDRAI PAS ÉTERNEL-LEMENT !
FLAC
M... MAIS... AH... !
JE NE RENTRERAI PAS CHEZ MOI... !
IDIOT.
UH...
AH... SHU !
SHU...
BONJOUR !

COMMENT VAS... ?
DÉSOLÉÉE ! MON FRÈRE N'EST PAS LÀ AUJOURD'HUI NON PLUS !
T'as un mauvais timing ces temps-ci !
BODOM
BODOM
QUOI ?! POURQUOI TU ME DIS ÇA, SANS QUE JE DEMANDE ?
HEIN ?!!
Ha ! Ha !
POUR RIEN. JE T'ÉPARGNE CETTE PEINE...
IL A MIS UN COSTUME ET EST PARTI DEPUIS CE MATIN !
Comme d'habitude, il ne m'a rien expliqué.
UN COS-TUME ?
JE NE CROIS PAS QU'IL RENTRERA AUJOURD'HUI !
QUOI ? IL EST PARTI SI LOIN ?
JE SUIS PAS AU COURANT !
NON ! NON ! IL VA SANS DOUTE DORMIR DANS SON AUTRE MAISON.
HEIN ? SON AUTRE MAISON ?
TIENS ? TU NE SAVAIS PAS ?
MON FRÈRE LOUE UN APPARTEMENT PRÈS D'ICI !
Tu n'y es jamais allé ?
UH... ?!
UN... UN APPARTEMENT ?
C'EST QUOI CETTE HISTOIRE ?!!

TIENS ? TU NE SAVAIS PAS ?
MON FRÈRE LOUE UN APPARTEMENT PRÈS D'ICI !
JE NE SUIS PAS AU COURANT...
DE ÇA...
Irrésistible Ivresse

...
QU'EST-CE QU'IL A ? ÇA FAIT UN MOMENT QU'IL DÉPRIME.
CHUCHOTE
CHUCHOTE
IL ALLAIT POURTANT BIEN CES DERNIERS TEMPS !
GRUMPF
JE SAIS QUE CE N'EST PAS DANS SON CARACTÈRE DE TOUT ME DIRE...
MAIS ÇA, C'EST UN PEU UN CHOC...
C'ÉTAIT PEUT-ÊTRE UN SECRET...
QU'IL NE VOULAIT PAS QUE J'APPRENNE.
MAIS HARUNA ÉTAIT AU COURANT...
CE N'EST PEUT-ÊTRE PAS IMPORTANT.
C'EST SÛREMENT ÇA... !
... MAIS...

Il ne se décou-rage pas.

LA VOIX D'UNE FEMME... CE N'EST PAS HARUNA.
DÉSOLÉ. JE NE PEUX VRAIMENT PAS ME LIBÉRER, LÀ.
DEMAIN SOIR, J'AURAI DU TEMPS. ÇA TE VA ?
... OUI, JE COMPRENDS. PARDON...
OUI... JE T'ATTENDRAI CHEZ KOTCHAN.
ENTENDU. BON, JE RACCROCHE !
ALLEZ, NAKA-GAWA ! DÉPÊCHE-TOI !
OUI, OUI.
BIP
... QU'EST-CE QUE ÇA SIGNI-FIE ?
IL DIT QU'IL EST OCCUPÉ ET IL N'EST PAS À LA BRASSERIE ?
CLAP
C'EST VRAI QU'IL NE ME DIT RIEN SUR LUI.
HÉ OH, HARUNA ! LA RÉUNION VA COMMENCER !
SI L'INTERPRÈTE N'EST PAS LÀ, ON NE VA PAS AVANCER !
OUI, J'ARRIVE !
ÇA S'AGGRAVE ?
... OUI.
*KOTCHAN
LES HOMMES SONT COMME DES BULLES DE SAVON !
SI ON LES SERRE TROP, ILS SE BRISENT ET DISPARAISSENT !

LES HOMMES SONT COMME DES BULLES DE SAVON !
SI NOUS RENONCIONS À CES AMOURS FUGACES ?
DIS DONC, KOTCHAN !
TU POURRAIS ARRÊTER AVEC TES CHANSONS DE MAUVAIS AUGURE... ?
MAIS QUOI ?! C'EST JUSTE UNE PETITE CHANSON !
Ha han !
VOYONS, IL S'EST DÉJÀ FATIGUÉ DE TOI, HEIN ?!
VOUS ALLEZ PARLER DE SÉPA-RATION AUJOUR-D'HUI ?
NON !!
NON, MAIS...
...
Tiens, c'est sérieux... ?
RLAN
SALUT !

... QUOI ?! TU FAIS UNE DRÔLE DE TÊTE...
C'ÉTAIT PAS AUJOURD'HUI ?
EUH... SI, JE T'ATTENDAIS !
BIENVENUE !
TENEZ, PATRON ! DE LA PART D'HARUNA.
TIENS ? QU'EST-CE QUE C'EST ?
POP
POP
Ces impuretés, cette texture mousseuse...
EST-CE QUE PAR HASARD...
Ah !
CE SERAIT DU SAKÉ NON ÉPURÉ ?!
OUI. DU SHUNKA.
IL N'EST PAS EN VENTE, ALORS BUVEZ-LE EN CACHETTE.
Super !
MERCI !!
C'EST QUOI ? C'EST QUOI ?
LE SAKÉ NON ÉPURÉ ?
Une bière, s'il vous plaît.
COMME SON NOM L'INDIQUE, C'EST DU SAKÉ NON FILTRÉ !
TU AS BEAU FAIRE DES AFFAIRES AVEC WAKATAKE, TU NE SAIS RIEN, TOI !
Renseigne-toi plus !
...
Je l'ai fait, mais c'est trop compliqué, alors j'ai arrêté...

* N.D.T. : LE CALPIS SODA EST UNE BOISSON À BASE DE LAIT EN POUDRE ET D'ACIDE LACTIQUE, MÉLANGÉE À DU SODA.

FFUIT ♪
OUI, C'EST VRAI ! TU NE PEUX PAS, MUTCHAN !
IL N'Y A PAS D'AUTRES CLIENTS, ALORS JE VAIS EN BOIRE !
ZUT !
POUR TOI JEUNE HOMME, EXCEPTION-NELLEMENT, C'EST LA MAISON QUI RÉGALE !
OUAH ! MOI AUSSI, J'EN VEUX !
J'AI DE BONNES BROCHETTES DE POULET. C'EST DÉLICIEUX, GOÛTE !
NON, PAS TOI ! COMME JE N'EN SERS QU'AUJOURD'HUI, J'EN AI TRÈS PEU.
Je peux te faire l'aumône d'un plat mijoté.
QUOI ?!
Qu'est-ce qu'un homme qui mange en buvant du coca connaît au goût ?!
Suffisamment ! C'est bon ! Un coca !!
ALORS ? C'EST BON ?
DÉLICIEUX.
Le goût est fabuleux.
N'EST-CE PAS ? ♡
Merci !
MIAM
MIAM
MANGE TON PLAT, TOI.
ALORS, DE QUOI S'AGIT-IL ?
De l'aubergine mijotée...
HEIN ?
J'aime ça, mais je veux de la viande !..

TU VOULAIS PAS ME PARLER DE QUELQUE CHOSE ?
... AH !
C'EST VRAI.
OUI.
ÉCOUTE !
EUH...
SI JE LUI POSE LA QUESTION, IL ME RÉPONDRA, N'EST-CE PAS ?!
IL N'EST PAS DU GENRE À MENTIR !
... MAIS...
QUE DOIS-JE FAIRE ?
...
S'IL ME RÉPOND QUELQUE CHOSE QUE JE N'AI PAS ENVIE D'ENTENDRE...

for example...
... JE NE POUVAIS PAS TE LE DIRE, MAIS EN RÉALITÉ JE VIS AVEC UNE FEMME.
NOUS HABITONS DANS CET APPARTEMENT.
TCHAC
... PAR EXEMPLE ?!!
NON ! NON ! PAS POSSIBLE !
MAIS L'AUTRE JOUR, AU TÉLÉPHONE, C'ÉTAIT UNE VOIX DE FEMME !
ET SI, FINALEMENT...
Viens, vite !
Ok ! Ok !
J'étais au téléphone avec un type pénible.
Change cette ampoule !
FLUFF
... ?!
... ?
SI LUI DEMANDER RISQUE DE BRISER NOTRE RELATION...
GNIP
JE DEVRAIS PEUT-ÊTRE MIEUX FAIRE COMME SI JE N'ÉTAIS PAS AU COURANT.
... HÉ ?
PUISQU'IL ME LE CACHE...
C'EST QU'IL NE VEUT PAS QUE JE L'INTERROGE LÀ-DESSUS...
...

MIEUX VAUT NE PAS LUI DEMAN...
MMF
?!
?!
T'AVAIS LA BOUCHE OUVERTE ! C'ÉTAIT PÉNIBLE À VOIR.
VOILÀ ! T'AVAIS AUTANT ENVIE D'EN MANGER ?
MMF
MMF
Hé !
PUSH PUSH
?!
NE PLEURE PAS POUR DES BROCHETTES !
T'AIMES ÇA À CE POINT ?!
?
?
... OUI.
SI ON PEUT RESTER COMME ON EST...
MIAM
C'EST TRÈS BON... MERCI.
DITES DONC, VOUS DEUX... !
Ne fais pas « Aah » !
C'EST PAS PARCE QU'IL Y A PAS D'AUTRES CLIENTS QUE VOUS POUVEZ VOUS FAIRE DES MAMOURS !
QUOI ?! C'EST PAS ÇA... ! ♡
Ne dites pas des choses dégueu...!
...

ALORS, TU VOULAIS ME DIRE QUOI ?
Pour la deuxième fois.
AH...
OUI.
EUH...
C'EST QUE... JE SUIS PEUT-ÊTRE ANORMALEMENT NÉGATIF CES DERNIERS TEMPS...
ALORS QU'AVANT J'ÉTAIS PAS COMME ÇA...
MIAM
MIAM
J'AI DU MAL À M'EXPRIMER, C'EST BIZARRE...
T'INQUIÈTE PAS ! T'ES POSITIF JUSQU'À LA BÊTISE.
Patron ! Un whisky soda bien serré !!
C'ÉTAIT ÇA QUE TU VOULAIS ME DIRE ?
TU M'AS APPELÉ POUR ME DIRE ÇA ?
POUR ÇA, MAIS AUSSI PARCE QUE JE VOULAIS TE VOIR...
...!
MINUTE ! PAS DE CÂLINS, J'AI DIT !
OUI ! ♥
ON SE FAIT PAS DE CÂLINS !

1008
HARUNA
HMM...
DIS...
DIS, SHU...
TU M'AIMES ?
Haa
SCHMACK
Heeeein ?!
...
?!!
C'est quoi cette tête ?!
QUOI ?!! TU NE M'AIMES PAS ?! SI, HEIN ?!
... TU VEUX ME FAIRE DIRE QUOI, TOI ?!
EUH... C'EST QUE...
TU NE M'AS JAMAIS DIT QUE TU M'AIMAIS...
SCRATCH SCRATCH
AAH... ME DEMANDE PAS ÇA !
C'EST PAS MON FORT !
BEN, APPAREMMENT, MAIS...

...
J'AI ENVIE DE L'ENTENDRE AU MOINS UNE FOIS.
JAMAIS JE FERAIS ÇA VOLONTAIREMENT À UN TYPE QUE J'AIME PAS, NON ?
UH...
OUI, MAIS...
TAIS-TOI À LA FIN !
MMM !
SHU... !
HMMFF !
SILENCE.
SLURP
PFF...
AH.
AH...
AH...

... PFF...
HARUNA ? T'AS QUOI DEPUIS L'AUTRE JOUR ?!
HMM... QUAND LES GENS TOMBENT SINCÈREMENT AMOUREUX...
ILS DEVIENNENT DES POLTRONS, TU SAIS...
HEIN ?
RIEN.
SUR CE, JE VAIS FAIRE UN TOUR AU MAGASIN. JE RENTRERAI DIRECTEMENT CHEZ MOI, AUJOURD'HUI...
O... OK.
Je suis heureux, et pourtant inquiet... Ou suis-je inquiet parce que je suis heureux ?
... C'est quoi déjà, un poltron ?
Hein ?
Hmm... Il joue encore le prince des amours tourmentées ?
C'est Haruna qui vient de dire ça.
CLOSED
11:30 ~ 14:00
18:00 ~ 22:00
BON, JE VAIS RÉFLÉCHIR AU MOYEN D'AMÉLIORER CELA.
S'IL Y A DE NOUVEAU QUELQUE CHOSE, CONTACTEZ-MOI.
D'ACCORD. JE COMPTE SUR VOUS !
ALORS, À BIENTÔT.

J'AI FINI PLUS TÔT QUE PRÉVU.
QU'EST-CE QUE JE FAIS ? JE RETOURNE AU BOULOT ?
AH !
SHU...
C'est le destin !

WUSHH
... C'ÉTAIT QUOI, LÀ ?
SNIF
VOYONS... IL ÉTAIT EN COSTUME...
ILS SONT PARTIS DANS LA DIRECTION OPPOSÉE À LA BRASSERIE...
AVEC UNE FILLE DONT IL PORTAIT LES AFFAIRES...
... NON, C'EST PAS POSSIBLE !
IL N'EST PAS DOUÉ POUR JOUER CE GENRE DE DOUBLE JEU...
OUI ! TOUT ÇA, C'EST MOI QUI L'IMAGINE...
JE DOIS LUI DEMANDER LA VÉRITÉ...
BIP
AH ! HARUNA ?
OUI. DÉSOLÉ D'APPELER SI SOUDAI-NEMENT.
DIS, SI ÇA NE T'ENNUIE PAS, JE VOUDRAIS TE DEMANDER QUELQUE CHOSE...

Irrésistible ivresse

Bien installé
Il fait froid…
J'AI FACILEMENT OBTENU L'ADRESSE DE SON IMMEUBLE.
ET MÊME LE NUMÉRO DE SON APPARTEMENT… QU'EST-CE QUE ÇA SIGNIFIE… ?
C'est l'appartement n°…
OK ! OK !
… JE DOIS LUI DEMANDER.
JE NE PEUX PAS RESTER DANS UN TEL ÉTAT.
OUAF
WAF
WAF
OH ! QUE T'ARRIVE-T-IL ? TU ES TOUT SEUL ?
MOI, JE SUIS À L'AFFÛT !
Bon chien !
HA ! HA ! TU AS VRAIMENT UNE TÊTE DE GENTLEMAN, TOI !
SNIF
SNIF
JE SUIS DÉSOLÉE !
SA LAISSE S'EST DÉTACHÉE.
CE N'EST RIEN.

EXCUSEZ-MOI ! VOUS ALLEZ BIEN ?
SNIF SNIF
EUH... ?
EST-CE QUE MON CHIEN VOUS A FAIT QUELQUE CHOSE ?
SNIF SNIF SNIF
...
DITES...

…
POF
KANA, IL EST AVEC MOI.
QUOI ? AH BON ?
Ouf…
BON, JE TE LAISSE.
OUI ! MERCI BEAUCOUP D'AVOIR PORTÉ RAIZÔ !
AU REVOIR.
VIENS, RAI !
OUAF
TU M'AS DÉCOUVERT ?

... AH.
ON PARLERA APRÈS.
VIENS !
702
TCHAC
ENTRE !
QUOI... ? JE PEUX ?
EN VENANT JUSQU'ICI, TU T'ES PAS POSÉ LA QUESTION, NON ?
... NON.
FLUFF
Bonsoir, chéri ! ♡
Tu dois être fatigué.
... NON ! PAS ÇA !
Papa !
NON ! NON ! NON !!
Mais il faut que je me prépare psychologiquement...
...
FFT

BATAM
PARTOUT AU JAPON
DÉMÉNAGEURS SUPER OURSON
PARTOUT AU JAPON*
DÉMÉNAGEURS
... ?
DÉPÊCHE-TOI D'ENTRER !
Vaisselle
FAIS GAFFE AUX CARTONS !
AH... OUI.
OUI...
... EUH... ON EST OÙ ICI ?
SCHLAP
C'EST LÀ QUE J'HABITAIS AVANT.
QUAND J'ÉTAIS INFORMATICIEN, JE VIVAIS ICI TOUT SEUL.
* PARTOUT AU JAPON
QUAND J'AI DÉCIDÉ DE TRAVAILLER À LA BRASSERIE...
J'AVAIS L'INTENTION DE QUITTER CET ENDROIT.
MAIS, JE NE SAIS PAS POURQUOI...
J'AVAIS ENVIE D'UN LIEU OÙ JE POURRAIS ÊTRE SEUL...
ET JE L'AI LAISSÉ EN L'ÉTAT.

... SEUL...
PARCE QU'À LA BRASSERIE, GRAND-PÈRE ET HARUNA SONT TOUT LE TEMPS LÀ.
C'EST BIEN L'ANIMATION...
MAIS, DE TEMPS EN TEMPS, J'AI ENVIE D'OUBLIER ÇA ET DE M'ISOLER.
... MOI AUSSI, TU VEUX M'OUBLIER DE TEMPS EN TEMPS ?
...
PLOF
TU NE SAIS VRAIMENT PAS MENTIR, HEIN !
Sale type !
TU POURRAIS POURTANT DIRE « MAIS PAS DU TOUT », COMME IL SE DOIT.
...

... DÉSOLÉ...
POF
C'EST PAS GRAVE !
Ha ! Ha !
CE GENRE DE CHOSE, ÇA RESSEMBLE BIEN AU SHU QUE J'AIME.
...
EN PLUS, JE TE COMPRENDS UN PEU !
TU VEUX UN REFUGE, N'EST-CE PAS ! EN TANT QU'HOMME...
... J'AVAIS L'INTENTION DE TE LE DIRE BIENTÔT.
MAIS J'AI MANQUÉ L'OCCASION...
OUI.
À CE PROPOS !
JE PEUX POSER UNE QUESTION À L'HOMME QUI NE SAIT PAS MENTIR ?
C'ÉTAIT QUI, LA FILLE DE TOUT À L'HEURE ?
TAP
DE TOUT À L'HEURE ?
C'ÉTAIT LA VOISINE.
ELLE EST ALLÉE CHERCHER SON CHIEN QU'ELLE AVAIT LAISSÉ CHEZ LE TOILETTEUR...
JE L'AI RENCONTRÉE EN CHEMIN. COMME ELLE ÉTAIT CHARGÉE, JE L'AI AIDÉE, C'EST TOUT.
Raiz8. Deux ans. Mâle.
SNIF SNIF

HUMPF...
TU L'AS APPELÉE PAR SON PRÉNOM, ET VOUS AVIEZ L'AIR TRÈS PROCHES...
M... MAIS, ELLE LE TROUVE MIGNON, LE VOISIN !
Hein, Rai ?
Hé ! Hé ! C'est sûr !
ALORS, C'ÉTAIT QUI AU TÉLÉPHONE L'AUTRE JOUR ?
HEIN ? JE SAIS PAS TROP À QUOI TU PENSES, MAIS C'EST UNE COLLÉGIENNE !
Je la connais depuis qu'elle est écolière.
QUOI ?!
Je suis en quatrième.
J'ai 14 ans.
AU TÉLÉPHONE ?
DIS DONC, ÇA S'EMBROUILLE VRAIMENT DANS TA TÊTE...
SCRATCH
Ah...
C'ÉTAIT PEUT-ÊTRE MON ANCIENNE COLLÈGUE.
TA COLLÈGUE ? QUAND TU ÉTAIS INFORMATICIEN ?
OUI. EN FAIT, JE L'AIDE ENCORE DE TEMPS EN TEMPS.
CETTE FOIS, ELLE M'A DIT QUE LE SYSTÈME D'UN CLIENT S'ÉTAIT DÉTRAQUÉ ET QU'ELLE NE POUVAIT PAS S'EN CHARGER, ALORS JE L'AI AIDÉE.
À L'ORIGINE, J'AI ÉCRIT CE PROGRAMME, ET C'ÉTAIT UNE HORREUR POUR MANIPULER LE SYSTÈME !

AH BON... ? ALORS LE COSTUME, C'ÉTAIT POUR UN BOULOT ?
EXACTE-MENT.
TU AVAIS IMAGINÉ QUELQUE CHOSE DE LOUCHE ?
QUOI ?!
AAH... OUI. C'EST-À-DIRE QUE...
DANS LES GRANDES LARGEURS...
TU NE ME FAIS PAS CONFIANCE !
JE N'AI PAS CE GENRE DE TALENT !
RIEN QU'AVEC TOI, J'AI DÉJÀ LES MAINS PLEINES.
... OUI...

...
... ?
BLINK
HMM
... ÇA VA ?!
HMM ?
... TIENS ? JE ME SUIS ENDORMI... ?
REMUE
TU T'ES ENDORMI, TU DIS ?!
TU T'ES ÉCROULÉ, OUI !
C'ÉTAIT AGRÉABLE À CE POINT ?
Hé ! Hé !
...

C'EST SEULEMENT PARCE QUE JE MANQUAIS DE SOMMEIL !
Ne ricane pas !
AH OUAIS ?!
C'EST BON ! ALLONGE-TOI ENCORE UN PEU.
FRISH
SEUL, DANS UNE PIÈCE SANS LIT, AU MILIEU D'UN TAS DE CARTONS...
EN OUBLIANT TOUT... À QUOI POUVAIT-IL PENSER... ?
C'EST UN HOMME DIFFICILE...

DIS, SHU...
... TU M'AIMES ?
... ENCORE ? T'ES VRAIMENT TÊTU !
... RADIN.
AH, NON. JE VAIS PLEURER.
JE SUIS POURTANT PLUTÔT HEUREUX. JE NE COMPRENDS PAS...
C'est peut-être trop...
SNIF
... TU T'IN-QUIÈTES ...
SI JE NE TE LE DIS PAS ?
C'EST PAS ÇA, MAIS...
OUI... PEUT-ÊTRE. JE SAIS PAS TROP.
IL M'ARRIVE PARFOIS D'ÊTRE NÉGATIF.
CRUISH
COMME TOUT LE MONDE.
Ha ! Ha !

SHU...
GLOUPS
BRR
... UH.
TU... TU ME LE DIS ENCORE UNE FOIS ?
JE NE LE DIRAI PLUS !
JUSTE UNE FOIS...
C'EST NON !
RADIN.
DIS-LE.

SHU...
HMM...
Pff
SOIS INDULGENT AVEC MOI !
PFF...
AH... !
LICK
SPLITCH
HAH... !
JE TE FAIS MAL ?
NON... C'EST AGRÉABLE.
J'EN VEUX ENCORE PLUS.
FLITCH
FLATCH
Haa
... TU ES VRAIMENT FRANC.
Haa
AH... !
HAN...
NE RÉSISTE PAS !
SLOP
UH... HMM.
AAH...

SHU...
C'EST AGRÉABLE À L'INTÉRIEUR DE MOI... ?
Haa
... JE TE DIRAI PAS !
RADIN.
T'AS BEAU ÊTRE TOUT DUR, TU N'ES TOUJOURS PAS SINCÈRE.
Pff
UH...
TAIS-TOI OU JE TE LAISSE !
hii
SLOP
AHAN... !
HÉ...
AT-TENDS... !
AH...
UH...

UH...
AH...
... UH.
VRRR
TAC
TAC
TAC
VRRR
BLINK
BLINK
TIENS ? ON A ESSAYÉ DE ME CONTACTER.
ÇA CLIGNOTE. C'EST QUELQU'UN D'IMPORTANT...
CLAP
UN MAIL... ?
AH !
HA ! HA ! HA !
QU'IL EST MIGNON ! C'EST TROP !
Je vais le rassurer.
DIS DONC !

T'ES INCAPABLE DE RETENIR LES CHOSES, ET DE FAIRE PREUVE DE TACT, TOI ?!
CATCH
QUOI ?
D'OÙ IL SORT, L'HOMME QUI T'A ENVOYÉ CE MAIL ?!
HEIN ?!
HÉ OH !
« D'OÙ IL SORT ? »
ZWIP
DE CHEZ TOI.
C'est un malen-tendu !
BOÎTE DE RÉCEPTION
PATRON (WAKATAKE)
(non title)
SHÔGI...
Grand-père... ? Quand ont-ils échangé leurs adresses ?! Et puis, « shôgi »...
...
BAM

QUELLE HEURE EST-IL ?
BIP
BIP
BIP
JE VAIS VITE LUI RÉPONDRE.
LAISSE ÇA !
NON ! IL S'EST EMBÊTÉ À M'ENVOYER UN MAIL.
AH !
Euh… « Demain, c'est ok ».
HOP
TU FERAS ÇA APRÈS !
MÉCHANT !
J'AURAI VITE FINI…
JE TE DIS QUE TU NE LE FERAS PAS.
ICI, C'EST UN ENDROIT POUR OUBLIER CE GENRE DE CHOSES !
… MAIS…
C'EST JUSTE UN MAIL…
RÉSIGNE-TOI.
JE SUIS CE TYPE D'HOMME.
HUP

SHU...
VIENS !
ON DOIT LE FAIRE JUSQU'AU MATIN, NON ?
OUI...
AH...
HMM...
VRRR
TAC
TAC
VRRR
TAC

MAIS QU'EST-CE QUE TU FAIS, MUTCHAN ?! RÉPONDS, AU MOINS !
...
SILENCE
Super envie de jouer.
DITES, PATRON !
VOUS NE VOULEZ PAS JOUER AU SHÔGI ?
TOUT EST PRÊT !
CLIC
...
PATRON !
CLIC
JE SUIS VRAIMENT DÉSOLÉ POUR L'AUTRE JOUR.
JE N'AI PAS PU ME LIBÉRER, ET J'AI MIS DU TEMPS À VOUS RÉPONDRE.
CLIC
...
HÉ, PATRON ! ALLEZ !
CLIC
J'AI ACHETÉ DU CHEESECAKE !
Il paraît que vous aimez ça !
CLIC
PATRON...
... EXCUSEZ-MOI. JE VOUS DÉRANGE VRAIMENT, N'EST-CE PAS... ?
IL FAUT AUSSI QUE ÇA VOUS CONVIENNE, ÉVIDEMMENT.
J'AI COMPRIS. JE VAIS RENTRER...
ATTENDS... !

KYAH
KYAH
ROI...
ATTENDS !!
CLING
MUTCHAN A VRAIMENT APPRIVOISÉ GRAND-PÈRE !
MAIS QUAND IL NE LUI RÉPONDAIT PAS, JE ME DEMANDAIS CE QUE J'ALLAIS FAIRE.
...
D'HABITUDE, IL RÉPOND LE JOUR MÊME. IL S'EST PEUT-ÊTRE PASSÉ QUELQUE CHOSE DE GRAVE ?
Il se sent un peu coupable.
...
Encore, patron ?
Toutes les cinq minutes, vous avez dix bouteilles de plus à nous livrer...
MIAM MIAM
J'ai compris. Attends !
Hmmpf...
Attends encore un peu !

DRIIING
DRIIING
UUH... MMM...
DRIIING
ALLÔ ?
HARUNA ? OUI, C'EST BON. J'ÉTAIS JUSTE UN PEU ASSOUPI.
ÇA VA, JE TE DIS ! IL N'EST PAS ENCORE 11 HEURES !
DEMAIN ? UN SUKIYAKI ?
J'ADORE ÇA ! OUI, JE VIENS ! JE SUIS CONTENT QUE TU M'INVITES.
OUI. JE VIENDRAI EN RENTRANT DU TRAVAIL.
HMM ?
TON FRÈRE... ? IL N'EST PAS LÀ ?
HAUT-PARLEUR
EH BIEN... JE NE SAIS PAS...

IL Y A UN PROBLÈME ?
IL AVAIT PROMIS DE RANGER L'ENTREPÔT AUJOURD'HUI, MAIS IL A SUBITEMENT DISPARU !!
N'est-ce pas ?
OH ! C'EST PAS BIEN !
TU ES D'ACCORD, HEIN ? IL A MÊME ÉTEINT SON PORTABLE. MAIS OÙ EST-IL ET QUE DIABLE PEUT-IL BIEN FAIRE, MON VOYOU DE FRÈRE !
...
Ha ! Ha ! Ha !
DIS...
RACCROCHE.
SI J'ESSAYAIS DE L'APPELER, MOI AUSSI ?
mmm
Arrête !
VRAIMENT ?
C'EST BON ! CE N'EST PAS SI IMPORTANT QUE ÇA.
JE LUI FERAI FAIRE DEMAIN.
OUI. BON, À DEMAIN !
J'APPORTERAI LE DESSERT !
OUI ! SUPER !
RACCROCHE ! VITE !
AÏE !
PAF
Fesses
QU'EST-CE QU'IL Y A ?
... RIEN. JE ME SUIS COGNÉ LA JAMBE.
ALORS, À DEMAIN !
OUI. SALUT !

SOURIRE
BIP
« MON VOYOU DE FRÈRE », ELLE A DIT...
... ET QUI M'A FAIT VENIR ICI ?
C'EST MOI...
MAIS TU AS LAISSÉ TOMBER TON TRAVAIL POUR ÇA.
... C'EST FAUX !
JE VOULAIS JUSTE PAS FAIRE DE RANGEMENT.
Hé ! Hé ! Hé ! VRAIMENT ?! ♡

AAH ! ♡ C'ÉTAIT TRÈS BON !
J'AVAIS PAS MANGÉ UN VRAI SUKIYAKI COMME ÇA DEPUIS LONGTEMPS.
ÇA VALAIT LA PEINE DE T'INVITER POUR VOIR TON AIR RAVI !
MERCI BEAUCOUP !
C'EST BON, ASSIEDS-TOI ! JE PEUX ME DÉBROUILLER TOUTE SEULE !
TCHAC
C'EST VRAI ?
Si tu insistes !
JE FERAI LA VAISSELLE PLUS TARD. MANGEONS D'ABORD TON CADEAU !
Le fameux cheesecake fondant ! ♥
JE VAIS FAIRE DU CAFÉ !
TIENS ? OÙ EST GRAND-PÈRE ?
IL ÉTAIT POURTANT LÀ, À L'INSTANT.
IL EST PAS AUX CHIOTTES ?
AH BON ?

HUMPF !
♡
LE SUKIYAKI ÉTAIT PARFAIT ! ET LE BOUILLON DE NOUILLES AUSSI !
♡
Hier, on a eu des sardines séchées.
C'EST PAS TOUJOURS LE CAS !
QUAND ON VIT SEUL, ON NE FAIT PAS DE CUISINE
C'EST BIEN DE POUVOIR MANGER DE SI BONNES CHOSES TOUS LES JOURS !
PARCE JE VIS SEUL DEPUIS LONGTEMPS...
MAIS J'AIME BIEN MANGER AVEC DES GENS !
Avec celui que j'aime, en plus ! ♡
HÉ !
JOUONS !
TADAAH
GRAND-PÈRE... ON VIENT DE FINIR DE MANGER. ATTENDS UN PEU !
JE NE PERDRAI PAS !
Ha ! Ha !
C'EST BON !
ON PARIE QUOI AUJOURD'HUI ?

MAIS VOUS ME DEVEZ DÉJÀ 1000 BOUTEILLES DE SAKÉ !
HARUNA PINAILLE SUR TOUT... CACHONS-LUI, CETTE FOIS-CI...
EH BIEN ? TU AS DÉJÀ SORTI LE SHÔGI, GRAND-PÈRE ?
GLOUPS
J'AI FAIT DU CAFÉ, ALORS MANGEONS LE GÂTEAU !
JE LE MANGERAI ICI.
ÇA SUFFIT !
DÉSOLÉ, MUTCHAN ! ÇA DOIT TE DÉRANGER QU'IL T'OBLIGE À JOUER AVEC LUI À CHAQUE FOIS ?
PAS DU TOUT ! ÇA RÉVEILLE MON INTÉRÊT POUR LE SHÔGI !
ALLONS-Y !
CLAP
CLAP
OUI ! OUI !
Ça m'énerve !
CHAQUE FOIS QUE MUTCHAN VIENT, ÇA SE PASSE COMME ÇA.
TOI AUSSI, JOUE AVEC LUI DE TEMPS À AUTRE !
IL DIT QUE ÇA VAUT PAS LE COUP !
Tu as bien promis que si je gagnais, tu ferais tout ce que je dirais, hein ?
MUTCHAN EST FORT À CE POINT ?
Souvenir humiliant.
... TRÈS FORT ! IL ME BAT, MOI AUSSI !
Zut !
Voyons...
Que lui demander ?
Tout gêné
Super dépité.

Je peux vous foudroyer ?
N... Non !!
MAIS JE LUI SUIS RECONNAISSANTE ! IL JOUE AVEC GRAND-PÈRE SANS JAMAIS RECHIGNER.
金将*
C'EST VRAIMENT QUELQU'UN DE GENTIL !
*GÉNÉRAL D'OR
VLOUM
AH, OUI ! MUTCHAN, TU DORS ICI CE SOIR, N'EST-CE PAS ?
COMMENT ON FAIT POUR TON LIT ?
AU SALON, ON ENTEND LES ÉNORMES RONFLEMENTS DE GRAND-PÈRE. ALORS, ÇA TE VA DE DORMIR DANS LA CHAMBRE DE SHU ?
OUI !!
Évidemment !
Avec joie !!
PSCHTT
ぶっ
?!
POURQUOI DANS MA CHAMBRE ?! PRENDS EN UNE AUTRE !
Arrête, c'est sale ! Tiens !
POURQUOI ? IL Y A DORMI L'AUTRE JOUR, NON ?
EN PLUS, IL N'Y A PAS DE CHAMBRE LIBRE.
Les autres sont un horrible débarras ! Range un peu !
...
Est-elle simplette ?

AU FAIT, CE GÂTEAU EST ABSOLUMENT EXQUIS !
OÙ L'AS-TU ACHETÉ ?
DANS UNE PETITE BOUTIQUE OÙ TOUT EST DÉLICIEUX, PRÈS DE MON TRAVAIL !
C'est un bon endroit peu connu !
En pleine réflexion
DONNE-MOI L'ADRESSE !
SOURIRE
OUI. JE T'ENVERRAI UN PLAN.
...
TIENS ? GRAND-PÈRE S'EST ENDORMI ?
IL S'EST ENDORMI DE DÉPIT D'AVOIR PERDU ?
HA ! HA ! HA ! QU'EN PENSES-TU ?
TCHAC
TCHAC

C'EST PARFAIT ! TU PEUX ALLER PRENDRE UN BAIN.
DE TOUTE FAÇON, IL NE SE RÉVEILLERA PAS AVANT DEMAIN MATIN.
OUI, MERCI. PUISQUE TU INSISTES...
APRÈS, COMME MON FRÈRE EST DANS SA CHAMBRE...
BODOM
DIS-LUI D'Y ALLER AUSSI, QUAND TU SORTIRAS DU BAIN.
...
OUI !
CRAC
AAH ! C'EST LE PARADIS, LE PARADIS ! ♪
TAP
TAP
CRAC

PUFF
PUFF
C'ÉTAIT AGRÉABLE, CE BAIN ! ♡
C'EST VRAIMENT CHOUETTE LES BAIGNOIRES EN CYPRÈS ! ÇA SENT BON !
JE VOUDRAIS M'Y BAIGNER TOUS LES JOURS !
J'ENTRE !
SWIP
DÉSOLÉ DE M'ÊTRE BAIGNÉ AVANT TOI.
HARUNA DIT QUE TU DOIS Y ALLER ENSUITE.
OUAIS...
...
HEIN ?
COMBIEN DE FOIS TU VAS ME FAIRE DIRE LA MÊME CHOSE ?!
LE REVERS DE TON YUKATA EST À L'ENVERS !
QUOI ? C'EST PAS VRAI ?! JE L'AI POURTANT BIEN MIS COMME HARUNA ME L'AVAIT DIT !
ELLE M'A MENTI ! C'EST VACHE !
Quel genre de vacherie c'est, ça ?!
...

TU L'AS MIS EN TE REGARDANT DANS LE MIROIR ?
HEIN... ? OUI. DANS LA SALLE DE BAINS...
...
BIEN !
LE PAN GAUCHE EST SUR LE DESSUS.
BLINK
Image dans le miroir
Image réelle
Ha ! T'ES UN CRÉTIN !
ÇA SUFFIT ! J'EN PEUX PLUS !!
C'EST INCOMPRÉHENSIBLE, LES YUKATAS !!
Colère injustifiée
ET D'AILLEURS, POURQUOI JE DOIS TOUJOURS METTRE ÇA ?! C'EST TRÈS BIEN, LES PYJAMAS !!
J'ai honte !
Moi, un adulte, faire trois fois la même erreur... !!
C'est... mon hobby.
POURQUOI C'EST COUPÉ POUR ÊTRE PORTÉ DANS LES DEUX SENS ?! C'EST AGAÇANT !!
ON POURRAIT Y METTRE UNE CEINTURE !!
OU LE COUDRE SOUS CETTE FORME !!
CRAC
BOU-HOU...
Euh... Le pan gauche ! Le pan gauche... !

AVEC UN YUKATA...
UN HOMME PEUT FACILEMENT...
GLISSER SA MAIN À L'INTÉRIEUR, COMME CECI !
AH...

SI C'ÉTAIT COUSU, ÇA SERAIT EMBÊTANT, NON ?
UH... !
GNIP
... TU N'AS ENCORE PAS MIS DE CALEÇON ?!
SERRE
HAN !
S... SHU.
MMM !
SLURP

Haa
... SHU.
... JE VAIS PRENDRE MON BAIN.
HEIN ?
... QUOI ?
SI JE N'Y VAIS PAS TOUT DE SUITE, HARUNA VA S'ÉNERVER.
ABANDONNÉ EN PLEINE ACTION
ぽつ…ーん
...
QUOI... ?
MINUTE...
Il me laisse en plan... ?
...
...
ET POURQUOI LES FUTONS SONT DISPOSÉS COMME ÇA... ?
... LE BÂTARD !
SNIF SNIF
ずる
ZWIP
Ne nous décourageons pas...
MERDE... !
ZWIP
ずる

CRAC

HÉ !
DORS SUR LE FUTON !
HEIN ?!
BOM
がばっ
VLAM
Mais quand... ?
JE... JE NE DORMAIS PAS ! JE T'ATTEN-DAIS !
NON ! NON ! JE DORMAIS PAS !
COMMENT ÇA ?! VAS-Y, DORS !
FUTONS CÔTE À CÔTE
...
... Et mince !
ぐいっ
GRIP

DÉPÊCHE-TOI DE DORMIR ! HARUNA VA NOUS TIRER DU LIT TÔT DEMAIN !
J'AI PAS FINI DE RANGER L'ENTREPÔT.
DEMAIN, TU VAS M'AIDER !
OUI...
PLOC
PLOC
TES CHEVEUX SONT ENCORE MOUILLÉS.
FRITCH
TU VAS ATTRAPER FROID !
FRITCH
... ÇA VA !
FRITCH

*BIÈRE PRESSION

REFAIS COMME TOUT À L'HEURE.
HMM ?

... TU ES SAOUL ?
NON !
... SANS DOUTE PAS.
... JE NE DEVRAIS PEUT-ÊTRE PAS...
DIRE CE GENRE DE CHOSES...
GRIP
QU'EST-CE QUE TU RACONTES MAINTENANT ?
UH...

AH...
... TU ES DOUÉ POUR CES TRUCS LÀ !
POUR... POUR QUOI ?
LAISSE TOMBER.
BRR
AH !
UH...
PRESS
HUN...
...
Haa
ON VA PAS BAISER AUJOURD'HUI !
NON... ILS SONT EN BAS...

... HARUNA...
ELLE... ELLE A REMARQUÉ QUELQUE CHOSE ?
MAIS NON ! ELLE EST TROP NAÏVE !
... ALORS, ÇA VA...
PARDON...
JE TE DONNE BEAUCOUP DE TRACAS, N'EST-CE PAS... ?!
Pff
TU AS DES PRÉOCCUPATIONS BIZARRES DANS UN MOMENT PAREIL.
SOIS OPTIMISTE, COMME D'HABITUDE !
TU ES HORRIBLE...
AH... HMM.

Haa
...
ARRÊTE !
GRIP
TU AS DIT QU'ON COUCHERAIT PAS ENSEMBLE AUJOURD'HUI, NON ?
SNIF
SNIF
BOUHOU... J'AURAIS MIEUX FAIT DE DORMIR TRANQUIL-LEMENT.
TU ME TOURMENTES À FAIRE LES CHOSES À MOITIÉ.
ET C'EST TOI QUI DIS ÇA ?
C'EST TOI QUI ME MANIPULES !
...

NE CRIE PAS TROP FORT !
FLITCH
... AH !
UH...
HAN...
AH...
HUN...

Hmm
DRIIING
DRIIING
TAP
TAP
UUUUH...
DRIIING
BIP
... ALLÔ...
... ?
HEIN... ?
QUOI ? QUI C'EST ... ?
ぱちっ
BLINK
HEIN... ?
Good morning Mutsuki ! Are you ok ?
OUAH !
がばっ
WHAM
JE...

TOUT SEUL
AH...
... !!
... !!!
<DIS DONC, JESSE ! JE T'AVAIS POURTANT DIT DE NE PLUS M'APPELER ! TU ES VRAIMENT OBSTINÉ !>
Ouf
CHUCHOTE
CHUCHOTE
<AH ! OUI, JE SAIS ! MAIS JE DEVAIS TE DIRE QUELQUE CHOSE.>
<QUOI DONC ?>
<... MON GRAND-PÈRE EST MORT.>
<... QUAND ?>
<QUOI... ?>
<VOUS VOUS ENTENDIEZ BIEN, ALORS JE VOULAIS TE LE DIRE.>
<IL Y A DEUX SEMAINES !>

‹… TU VAS BIEN ?›
‹OUI. JE SUIS DÉJÀ PLUTÔT REMIS ! MAIS JE ME SENS TRISTE… ON N'Y PEUT RIEN !›
‹QUOI… ?! POURQUOI TU NE ME L'AS PAS DIT TOUT DE SUITE ?›
‹« POURQUOI ? », TU DIS…? JE T'AI APPELÉ AUSSITÔT, MAIS TU N'AS PAS DÉCROCHÉ.›
‹UH… AH BON ?›
‹PARDON…›
‹… ET PUIS, J'AI QUELQUE CHOSE À TE DEMANDER.›
‹HMM ? QUOI ?›
‹EH BIEN…›
‹OUI… POUR UNE CHOSE COMME ÇA…›
…
‹VRAIMENT… ?›
ENTENDU. RECONTACTE-MOI.
COURAGE ! À BIENTÔT…

<GRAND-PÈRE JOE...>
<JE SUIS UN IDIOT.>
BIP
SNIF
TU PARLES EN ANGLAIS DANS TON SOMMEIL ? ON EST AU JAPON ICI !
BODOM
!!!
AH... NON.
N... NON.
OUI. C'EST ÇA... !
...
JE N'AI RIEN À ME REPROCHER, ALORS JE DOIS ÊTRE FRANC AVEC LUI...
...
ÉCOUTE !
LÀ, J'AI...
LE PETIT-DÉJ'.
SI ON VIENT PAS TOUT DE SUITE, HARUNA VA RÂLER !
AH... OUI.

ET SI T'ES INCAPABLE DE FAIRE GAFFE À « ÇA », METS UN CALEÇON.
TU PENSAIS FAIRE QUOI SI ÇA AVAIT ÉTÉ HARUNA QUI ÉTAIT VENUE TE RÉVEILLER ?!
HEIN ?
QUOI ?
AH !
J'AI LES PARTIES À L'AIR !
Pour moi, les yukatas, c'est terminé !!
AH ! ATTENDS ! ÉCOUTE !
DÉPÊCHE-TOI DE DESCENDRE !
... OUI.
...

...
J'AI MANQUÉ L'OCCASION...
DE LUI PARLER DE CET APPEL.
JE LUI DIRAI QUAND CETTE AFFAIRE SERA RÉGLÉE...
Bonjour !
Mange tout de suite, ou y'en aura plus !
Bonjour ! Ouah ! Un petit déjeuner japonais ! Ça a l'air bon !
MIAM MIAM
MIAM MIAM
JE N'AI PAS À AVOIR MAUVAISE CONSCIENCE.
TOUT IRA BIEN...
*AÉROPORT INTERNATIONAL DE TOKYO
Terminal 1

Hey Mutsuki !
<JESSE !>
<ÇA FAIT UNE PAYE ! TU VAS BIEN ?!>
Oh ! my Sweety !
Stop it !
Wooops !
<PAS D'EMBRASSADES !>
Non ! Non !
RESTONS SUR NOS GARDES.
<MAIS QUOI ?! C'EST NUL !>
<TU SORS ENCORE AVEC TON COPAIN HARGNEUX ?>
Il est super bien foutu !
<IL N'EST PAS HARGNEUX ! C'EST QUELQU'UN DE TRÈS BIEN !>
<MAIS OUI, MAIS OUI.>
<JESSE. CECI, C'EST… >

«JESSE...»
«J'AI ENCORE UN PEU DE MAL À CROIRE...»
«QU'IL RESTE SI PEU DE CHOSE DE LUI !»
«OUI. CE SONT LES CENDRES DE GRAND-PÈRE !»
«JE N'AVAIS PAS TRÈS ENVIE DE LES METTRE AVEC MES AUTRES BAGAGES.»
«IL VOULAIT QUE SES CENDRES SOIENT DISPERSÉES AU JAPON, OÙ IL ÉTAIT NÉ ET AVAIT GRANDI.»
CE N'EST PAS IMPRUDENT...
«JE NE SAIS PAS TROP QUELLE PROCÉDURE IL FAUT SUIVRE...»
«DONNE-MOI UN PETIT COUP DE MAIN, MUTSUKI !»
UNE AMITIÉ COMME CELLE-CI !
«OUI. LAISSE-MOI FAIRE !»

Irrésistible Ivresse

‹TU PARS TOUT DE SUITE ?›
‹NON, DEMAIN. C'EST OÙ DÉJÀ SA... SAI...TAMA ?›
‹SAITAMA ?›
‹MAIS OUI ! J'AI ÇA ET JE VAIS Y ALLER TRANQUILLE.›
‹MAIS C'EST PLUTÔT EXCENTRÉ. TU VAS TE DÉBROUILLER, TOUT SEUL ?›
FLAP
‹OUI. J'EN AI AUSSI UN POUR TOI, MUTSUKI !›
‹TIENS.›
‹POUR MOI ?›
‹OUI. JE VAIS RETROUVER DES COUSINS DE MON GRAND-PÈRE QUI HABITENT LÀ-BAS, À SAITAMA.›
‹POUR LEUR REMETTRE DES OBJETS QUI LUI APPARTENAIENT.›
SCHLAP
‹OH.›
‹LA COLLECTION DE PIN'S DE GRAND-PÈRE JOE !›
‹OUI ! OUI ! TU T'EN SOUVIENS ?›
‹BIEN ENTENDU !›
‹AH !›
‹C'EST...›
CLING

‹MAIS, JE PEUX ? MOI, JE NE SUIS PAS...›
‹POURQUOI ? PRENDS-LES !›
‹TU LES AIMES, NON ? CE SONT JUSTE LES RESTES DE CE QU'IL POSSÉDAIT.›
‹GARDE-LES EN SOUVENIR !›
‹... OUI. MERCI.›
‹J'EN PRENDRAI SOIN.›
GNIP
Ah, une pomme ! Je vais le montrer à Haruna.
J'en mets un tout de suite.
...
‹BON ! IL VA FALLOIR QUE J'Y AILLE.›
POC
‹QUOI ? OÙ ÇA ?›
‹« OÙ ÇA ? » BEN, À L'HÔTEL !›
‹À CETTE HEURE-CI, JE VAIS POUVOIR FAIRE MON CHECK-IN.›

<C'EST BON, JE TE DIS !>
<SI ON S'ATTENDRIT ENCORE PLUS, ON VA SE METTRE À CHIALER.>
<ET TON PETIT AMI COINCÉ VA S'ÉNERVER.>
<ALORS, JE T'AMÈNE À L'HÔTEL ! JE VAIS CHERCHER LA VOITURE.>
<C'EST BON ! JE VAIS Y ALLER EN TRAIN.>
<MERCI POUR TOUT ! ÇA M'A BEAUCOUP AIDÉ QUE TU VIENNES JUSQU'À L'AÉROPORT !>
VLAK
<MAIS, POUR LA SUITE...>
<OUAIS, SALUT ! JE TE CONTACTE QUAND JE REVIENS !>
<ON SE FERA UNE BOUFFE !>
<... C'EST VRAI. BON, TU M'APPELLES SI TU AS UN PROBLÈME, D'ACCORD ?!>
<OUI. PRENDS SOIN DE TOI !>

C'EST PAS ÉVIDENT, D'ALLER AUSSI LOIN.
EST-CE QUE ÇA VA VRAIMENT ALLER ?
Mais oui ! Il a l'habitude de voyager !
UUUUH
PIN PON PIN PON
LES POMPIERS VONT PASSER ! LIBÉREZ LE PASSAGE !
UUUUH
PIN PON PIN PON
OUAH ! UN CAMION DE POMPIERS !
DE QUEL CÔTÉ EST LE FEU ? PRÈS D'ICI... ?
C'EST EFFRAYANT.
UUUUH
PIN PON PIN PON
LIBÉREZ LE PASSAGE !
LES POM-PIERS VONT...

DRIIING
AH ! OUI, J'ARRIVE !
MINUTE !
CLIC
DRIIING
DRIIING
HMM ? JESSE ?
BIP
<ALLÔ ? QU'Y-A-T-IL ? TU ES DÉJÀ PERDU ?>
Mutsuki It is serious!!
FFLSHHH
<QUOI ?>
<JESSE, QUE SE PASSE-T-IL ?>
The hotel is on…
FLSHH
TAP
<IL Y A BEAUCOUP DE BRUIT ! OÙ ES-TU ? LA LIGNE EST MAUVAISE.>
The hotel is…
FLSHH
<QUOI ? L'HÔTEL EST QUOI ? J'AI PAS ENTENDU LA FIN.>
<JESS… >
The hotel is on fire!!!
<L'HÔTEL EST EN FEU !!!>
<L'HÔTEL OÙ JE DEVAIS DORMIR, IL BRÛLE !!>

<QUOOOOI ?!!>
Celui de tout à l'heure ?!
Un incendie ?!
<JESSE !>
<MUTSUKI...>
<FALLAIT PAS T'EMBÊTER À VENIR.>
<MAIS QU'EST-CE QUE TU DIS ?! ÇA VA ? TU N'ES PAS BLESSÉ ?>
TAP TAP
<NON. JE N'AI MÊME PAS FAIT MON CHECK-IN.>
<IL SEMBLE QU'IL N'Y AIT PAS DE BLESSÉS. HEUREUSEMENT !>
<MAIS ÇA BRÛLE ENCORE.>
<COMME IL Y A BEAUCOUP DE CLIENTS ÉTRANGERS DANS CET HÔTEL, C'EST VRAIMENT TERRIBLE !>
<QUE VAS-TU FAIRE... ?>
<APPAREMMENT, LES GENS DE L'HÔTEL SONT EN TRAIN DE NÉGOCIER POUR RELOGER LES CLIENTS AILLEURS...>
<MAIS CE QUE ÇA VA DONNER... C'EST ENCORE CONFUS.>

<BAH, AU PIRE, JE DORMIRAI ICI À LA BELLE ÉTOILE.>
<HEUREUSEMENT QUE LA SAISON EST DOUCE !>
<DE TOUTE FAÇON, JE DEVAIS SEULEMENT Y RESTER CETTE NUIT ...>
<JE ME DÉBROUILLERAI D'UNE FAÇON OU D'UNE AUTRE !>
<JESSE...>
<... VIENS À LA MAISON !>
<DANS CETTE SITUATION, IL NE DIRA RIEN !>
<JE NE PEUX PAS LAISSER TOMBER UN AMI EN DIFFICULTÉ !>
Enlève tes chaussures !
Ah bon ?
<Y'A VRAIMENT PAS DE PROBLÈME ?>
<TON FAMEUX PETIT AMI VA ÊTRE IRRITÉ ?>

<C'EST BON, ENTRE ! TU VIENS JUSTE D'ARRIVER ET TU DOIS ÊTRE FATIGUÉ. IL FAUT QUE TU TE REPOSES.>
FWIP
THANK YOU !
<J'AI UNE DETTE ENVERS TOI !>
Phew...
<JE PEUX ENFIN ME POSER...>
<TOUTE CETTE HISTOIRE À PEINE ARRIVÉ , C'EST AHURISSANT !>
GROUISH
<HMM ?>
<HOULÀ ! LES CENDRES, LES CENDRES !>
<PARDON, GRAND-PÈRE !>
<JE SUIS NÉGLIGENT. JE DOIS LES POSER COMME IL FAUT.>
<EUH...>
<J'SUIS NAVRÉ, MAIS JE TE METS PRÈS DE LA FENÊTRE.>
<QU'EN PENSES-TU, GRAND-PÈRE ? VOILÀ LE CIEL DU JAPON ! ÇA FAISAIT UNE PAYE, HEIN !>
Hé ! Hé !

‹JESSE, J'AI FAIT DU THÉ !›
‹JAPONAIS, COMME TU LE SOUHAITAIS.›
‹AH ! THANK YOU !›
ZZZ…
ZZZ…
REMUE
‹HMM… ?›
‹… TIENS ? QUAND ME SUIS-JE ENDORMI ?›
‹JUSTE APRÈS AVOIR BU TON THÉ !›
‹TU ÉTAIS CREVÉ, FINALEMENT !›
‹PRENDS LE LIT POUR DORMIR !›
‹THANK YOU ! MAIS COMMENT TU VAS FAIRE, MUTSUKI ?!›
‹J'AI UN FUTON POUR LES INVITÉS.›
‹POUR TOI JESSE, LE LIT CE SERAIT MIEUX, NON ?›
‹QUEL DOMMAGE !›
‹MOI QUI CROYAIS QU'ON ALLAIT DORMIR ENSEMBLE.›
‹IL N'EN EST PAS QUESTION !›
Arrête avec ça.

SCRATCH SCRATCH SCRATCH
<HA ! HA ! C'ÉTAIT UNE BLAGUE !>
<MAIS, J'AI LA DALLE…>
<C'EST VRAI QU'IL EST TEMPS DE DÎNER.>
<QUE VEUX-TU MANGER ? TU VEUX SORTIR ?>
<NON… PAS AUJOURD'HUI.>
<ALORS, JE POURRAIS PEUT-ÊTRE PRÉPARER QUELQUE CHOSE DE CONVENABLE.>
J'ai quoi comme ingrédients ? Je ne cuisine pas, ces derniers temps.
Ah !
<MUTSUKI !>
<JE VEUX MANGER « CE TRUC-LÀ »… !>
Je suis venu au Japon spécialement pour ça !!
<« CE TRUC-LÀ » ?>
Quoi donc ? Des sushi ? Je sais pas les faire.
<… J'Y CROIS PAS…>
*NOUILLES

‹OUI ! TOUT ME VA ! CE SONT DES RARETÉS AUX ÉTATS-UNIS !›
Des raretés ?
‹AH... BON ?›
‹JE N'EN MANGERAI QUE TROIS PORTIONS !›
C'est vrai que tu es un dingue des ramen...
‹... D'ACCORD.›
Ta maison est super, Mutsuki ! Il y a un trésor de ramen* !!
Eh bien... Je suis un homme qui vit seul...
POURQUOI DES NOUILLES LYOPHILISÉES... ?
‹HEIN ?›
‹RIEN... ÇA VA T'ALLER, ÇA, POUR LE DÎNER ?›
*N.D.T. : LES RAMEN SONT DES PÂTES DE BLÉ SERVIES DANS DU BOUILLON.
‹JESSE...›
Peut-être mieux que moi.
‹TU TE SERS VRAIMENT BIEN DES BAGUETTES !›
‹AUSSI BIEN QU'UN JAPONAIS !›
Bon appétit.
‹ET MOI, LES HARICOTS, J'Y ARRIVE PAS.›
‹C'EST DUR, ÇA ! GRAND-PÈRE LES MANGEAIT EN LES FAISANT GLISSER. IL AVAIT TROP LA CLASSE !›
Ha ! Ha ! Moi non plus !
‹C'EST MON GRAND-PÈRE QUI M'A APPRIS.›
‹J'ATTRAPE MÊME LES HARICOTS ! MAIS J'ARRIVE PAS À FAIRE GLISSER LES NOUILLES.›
CLAP
CLAP

‹C'EST VRAI QUE TU AS DU SANG JAPONAIS.›
‹J'AI TENDANCE À L'OUBLIER PARCE QUE TU AS L'AIR COMPLÈTEMENT OCCIDENTAL. MAIS QUAND TU PARLES COMME ÇA, ÇA M'Y FAIT PENSER.›
‹VRAIMENT ? COMME J'AI PASSÉ BEAUCOUP DE TEMPS AVEC MON GRAND-PÈRE...›
‹JE SUIS TRÈS CONSCIENT DE MON SANG JAPONAIS.›
‹C'ÉTAIT À ÇA QUE JE PENSAIS QUAND JE T'AI ADRESSÉ LA PAROLE LA PREMIÈRE FOIS... ›
Je suis retourné aux U.S.A. pour l'université.
‹C'ÉTAIT DANS LE RÉFECTOIRE DE LA FAC ! J'ÉTAIS ÉTONNÉ QUE TU BARAGOUINES DU JAPONAIS.›
Euh, excusez-moi. Vous êtes japonais ?
Quoi ? Euh...
Can you Speak English?
Je suis petit peu japonais. Comprenez ?
‹C'EST VRAI ! JE T'AVAIS ADRESSÉ LA PAROLE EN JAPONAIS, MAIS TU M'AS RÉPONDU EN ANGLAIS !›
J'étais nul, finalement !
‹MAIS ÇA ME MANQUE.›
Parce qu'on approche de la trentaine ?!
‹TU ES PAREIL QU'À CETTE ÉPOQUE, MUTSUKI !›
‹PAS DU TOUT ! J'AI BIEN VIEILLI...›
‹NON. TU N'AS PAS DU TOUT CHANGÉ !›

‹TU ES TOUJOURS ADORABLE.›
‹DE TOUS LES MECS AVEC QUI JE SUIS SORTI, TU ES LE PLUS GENTIL.›
‹MINUTE, JESSE. ARRÊTE AVEC ÇA.›
‹C'EST JUSTE MON IMPRESSION. J'AI PLUS L'INTENTION D'ENTREPRENDRE QUOI QUE CE SOIT !›
‹MAIS TON MEC DOIT TE LE DIRE, NON ?›
‹NON ! IL NE DIT PAS CE GENRE DE CHOSES.›
MARMONNE
S'il disait ça, ce serait effrayant.
‹CE N'EST PAS POSSIBLE.›
‹UN PETIT AMI HYPER POSSESSIF DOIT DIRE PLEIN DE MOTS D'AMOUR, NON ?›
‹TU AFFIRMES QUE NON, MAIS IL DOIT AU MOINS TE DIRE QU'IL T'AIME !›
‹MÊME MON GRAND-PÈRE LE DISAIT !›
‹PUISQUE JE TE DIS QUE NON ! LES JAPONAIS NE DISENT PAS TROP CES CHOSES-LÀ.›
... Je crois.
‹T'ES TÊTU ! IL NE ME LE DIT PAS !›

<AH ! MAIS L'AUTRE JOUR, IL M'A DIT UN TRUC DANS CE GENRE POUR LA PREMIÈRE FOIS !>
J'étais super content ! Comme c'est hyper rare, mon bonheur était multiplié par deux !
Qui sait quand il me le redira !
Point fort
La pensée positive
<HEIN ? POUR LA PREMIÈRE FOIS ?!>
<UNE SEULE FOIS ?! SÉRIEUSEMENT ?!>
Crazy!!
Aux États-Unis, on lui collerait un procès !
<TA GUEULE !!>
?!
<QUE TU LE VEUILLES OU NON, TU...>
<C'EST VRAI QU'IL EST AVARE DE PAROLES...>
<MAIS IL M'AIME VRAIMENT !>
<IL EST DUR À COMPRENDRE, MAIS GENTIL... >
<IL M'AIME...>
C'EST VRAI !
T'as pas fini ? Allons manger ! T'as promis !
Tais-toi ! Me parle pas quand je compte !
IL SE MET TOUJOURS EN COLÈRE EN FAISANT UNE TÊTE EFFRAYANTE...
Mais ça fait deux heures que je t'attends !
T'es têtu ! Va-t'en ! Tu me gênes !
ET EN ESSAYANT DE ME REPOUS-SER.
Méchant !
T'es une plaie ! Sérieusement !!
POUING
JE SUIS PARFOIS PRÈS DE ME DÉCOU-RAGER...

MAIS, À LA FIN, J'AI TOUJOURS MON HAPPY END.
AH...
ATTENDS-MOI GENTIMENT.
OUI...
SI TU M'EMBRASSES ENCORE UNE FOIS ...
... T'AS DU CULOT.
C'EST UN HOMME QUI NE MENT ET NE TRICHE PAS.
Il avait beau dire ça, il m'a fait plein de baisers.
MUTSUKI ?
<QU'EST-CE QU'IL Y A ?>
... ET POURTANT, QU'EST-CE QUE JE FAIS, MOI ?
JE ME DONNE DES TAS D'EXCUSES...
<MUTSUKI ?>
C'EST PAS VRAI...
<PARDON, JESSE ! FINALEMENT, JE NE PEUX PAS !>
<HEIN ?! QUOI DONC ?!>
CLANG
PSCHTT
<JE NE PEUX PAS RESTER SEUL AVEC TOI.>
<QUOI ?>

HOP
<JE SORS ! FAIS COMME CHEZ TOI.>
<REPOSE-TOI TRANQUILLEMENT CETTE NUIT !>
<HEIN ? HÉ !>
<VOICI LA CLÉ ! EN PARTANT DEMAIN, METS-LA DANS LA BOÎTE AUX LETTRES APRÈS AVOIR FERMÉ.>
CATCH
<OH !>
<APPELLE-MOI SI TU AS UN PROBLÈME.>
<SUR CE, EXCUSE-MOI !>
<HEIN ?>
<MUTSUKI... ?>
SNIF

Irrésistible Ivresse

BRR
BRR
BRR
IL NE DÉCROCHE PAS...
SHU...

... ALLÔ.
Il a décroché !
SHU ? C'EST MOI !
SALUT.
QU'EST-CE QUE TU FAIS ? TU PEUX PARLER AU TÉLÉPHONE ?
OUI. ON A FINI DE MANGER ET JE SUIS DANS MA CHAMBRE.
AH BON ? EUH...
ON PEUT SE VOIR... MAINTENANT ?
À LA MAISON, TU POURRAS PAS MANGER ! SI ÇA TE VA, VIENS !
NON... TOUS LES DEUX À TON APPARTEMENT...
... MAINTENANT ?
... TU NE PEUX PAS ?
... OÙ ES-TU, LÀ ?
JE SUIS PRÈS DE TON APPARTEMENT.
EH BIEN...
... AH.
PLOC
IL PLEUT.
PLOC
Zut !
J'ARRIVE ! ATTENDS-MOI !
BIP
AH !
IL A RACCROCHÉ !
BRRR
Aucune courtoisie !
Houu... La nuit est fraîche. Je suis habillé trop léger.

FLSHHH
SPLATCH
SPLATCH
SHU !
DÉSOLÉ D'AVOIR MIS DU TEMPS. QUAND JE SUIS SORTI, HARUNA M'A MIS LE GRAPPIN DESSUS.
C'EST MOI QUI M'EXCUSE.
HOP
... TU ES VRAIMENT TREMPÉ !
TU AURAIS DÛ M'ATTENDRE À LA SUPÉRETTE D'À CÔTÉ.
HA ! HA... !
JE NE SAIS PAS.
COMMENT ÇA, TU NE SAIS PAS ?!
FRISH
T'AS PAS FROID... ?!
ET MINCE ! RENTRE VITE ET PRENDS UN BAIN.

CLAC
PUFF
TCHAC
... SHU.
ÉCOUTE...
BOIS ÇA.
HMM ? C'EST QUOI ? DU THÉ.
EN SORTANT DU BAIN, DU COCA C'EST...
ÇA SUFFIT ! BOIS !
TENDREMENT
TU T'ES BIEN SÉCHÉ LES CHEVEUX ?
OUI.
IL EST BIEN PLUS PROTECTEUR QUE JE CROYAIS.
ALORS, QU'EST-CE QU'IL Y A ?
QUOI ?
RLAN
D'HABITUDE, TU M'APPELLES SANS RAISON...
MAIS AUJOUR-D'HUI, TU AS L'AIR DIFFÉRENT.
...

EUH...
JE DOIS LUI PARLER FRANCHEMENT. MAIS IL VA CERTAINEMENT S'ÉNERVER...
... EH BIEN...
EN FAIT...
QUEL ABRUTI JE SUIS !!!
EN... EN ALLANT À LA SUPÉRETTE, J'AI PERDU MA CLÉ...
ET J'AI PAS PU RENTRER CHEZ MOI.
C'est trop nul, alors c'est pénible à dire... Ha ! Ha ! Ha !
Gros menteur !!!
HEIN ?!
Mets-ça sur tes épaules.
DANS CE CAS, T'AURAIS PAS PU ALLER DIRECTEMENT À LA BRASSERIE ? IL Y AURAIT CERTAINEMENT EU QUELQU'UN.
OUI, MAIS...
JE VOULAIS PAS VOUS ENNUYER. ET ON EST BIEN TOUS LES DEUX...
FLAP
COMMENT ÇA, TU VOULAIS PAS NOUS ENNUYER ?!
T'ES VRAIMENT PAS POSSIBLE COMME MEC !
TEA
CRAC
POC

J'AI ENVIE !
... ALORS QU'IL A FALLU QUE TU PRENNES UN BAIN POUR TE RÉCHAUFFER !
SMACK
HMM...
Hé ! Hé !
OUI, JE SUIS TOUT CHAUD. C'EST AGRÉABLE, NON ?
TU TE FICHES D'ATTRAPER LA CRÈVE ?!
MAIS NON, JE PRENDRAI PAS FROID !
N'EST-CE PAS ?

Haa
Haa
HAN... !
... AH !
Haa
HMM... !
BRRR
Haa
FLAC
Haa
Haa
SHU...
Smack
HMM !
À PLEINE BOUCHE
... UH.
... HUUN !
GRIP
BOM
BOM

HMM... AR-RÊTE ...
TES BAISERS SONT HYPER INTENSES ...
ESSAIE LES BISOUS PLUS FUN...
Haa
COMMENT ÇA ?
SCHLURP
Pfuah
DES BAISERS JUSTE SUR LES LÈVRES !
Haa
TCHIC TCHIC
HEIN ?
J'AIME AUSSI LES CHOSES INTENSES ET COLLANTES...
MAIS SI C'EST TOUJOURS COMME ÇA, MON CŒUR N'AURA PAS DE RÉPIT !
ALORS, JE LE FERAI PLUS !
Non ! C'est une douce souffrance !
Désolé d'être collant.
AH, NON ! NE FAIS PAS...ÇA.
PAS... AAA... AAA...
AAAT-CHOUMM !!
HÉ ! TU VAS BIEN ?!
OUI ! OUI ! C'EST JUSTE UN ÉTERNU...
TCHOUM
Y'a un truc qui sort...!!

... ON RETOURNE À LA BRASSERIE ?
Y A MÊME PAS UN MAUVAIS MATELAS ICI.
QUOI... ? NON, C'EST BIEN ICI.
JE VEUX RESTER SEUL AVEC TOI...
...
... ALORS, HABILLE-TOI AU MOINS.
SCHLAP
!
Merde...
FOUILLE FOUILLE
... ET PUIS...
O... OUI !
OUAH !
QUE ?
PRENDS ÇA.
CATCH

UNE CLÉ... ? DE QUOI ?!
POUR MOI ?!
JE TE PRÉVIENS, ÇA VEUT PAS DIRE QUE TU PEUX L'UTILISER À TA GUISE, OK ?
C'EST POUR DES OCCASIONS COMME CELLE-CI.
... JE...
NE LA PERDS PAS ! JE N'AI QUE CELLE-LÀ EN SECOURS.
TCHIC
TCHIC
...
TU M'ÉCOUTES ?
GNIP
... EUH, SHU...
JE...
J'AI QUELQUE CHOSE À TE DIRE...

HUMPF ...
SHRR
UN INCENDIE, HEIN ?
...
PARDON DE T'AVOIR MENTI EN DISANT AVOIR PERDU MA CLÉ ! JE N'AI PAS OSÉ TE PARLER DE JESSE...
MAIS JE NE TE CACHE VRAIMENT, ABSOLUMENT PLUS RIEN !
JE L'HÉBERGE SIMPLEMENT UNE NUIT...
C'EST TOUT...
BAH, TU NE POUVAIS RIEN FAIRE D'AUTRE !
... QUOI ?

VU LES CIRCONS-TANCES...
BON, IL N'EST PAS BLESSÉ, HEUREUSEMENT.
HEIN... ?
EUH... C'EST TOUT ?
TU N'ES PAS... EN COLÈRE ?
HEEEIN ?!
TU CROYAIS QUE J'ALLAIS TE DIRE DE LAISSER TOMBER QUELQU'UN VICTIME D'UN INCENDIE ?
JE NE SUIS PAS INHUMAIN À CE POINT !
CRUISH
ET PUIS TU AS ÉTÉ FRANC AVEC MOI, ET AU FINAL MAINTENANT TU ES ICI.
... OUI.

... CEPEN-
DANT...
GLOUPS
ÇA NE ME PLAÎT PAS QUE TU M'AIES MENTI POUR TA CLÉ !
NE ME MENS PAS STUPIDEMENT !
PAF
!!
... OUI. PARDON...
... DEMAIN, JESSE VA...
FROTTE
FROTTE
Ouille...
ÇA SUFFIT.
ON NE PARLE PLUS DE ÇA.
... D'AC-
CORD.

... JE PEUX VENIR PRÈS DE TOI ?
JE PEUX T'ENLACER ?
Soulagé
VILAIN MENTEUR.
NE ME REFAIS PLUS ÇA !
FRISH
NON.

BIP BIP BIP BIP BIP BIP
BIP BIP BIP
REMUE
HMM... ? C'EST DÉJÀ L'HEURE ?
BIP BIP
OUAH ! MERDE ! FAUT QUE J'Y AILLE !
5:45 AM
MMM... QUOI ?!
Tais-toi...
JE RENTRE CHEZ MOI.
... POURQUOI ?
PARDON, JE T'AI RÉVEILLÉ ? DORS ! DORS !
... QU'EST-CE QU'IL Y A ?!
« POURQUOI ? » ? JE VAIS ME CHANGER ET TRAVAILLER !

PFUAAH
COMMENT TU VAS RENTRER ?
... TRA-VAILLER.
HUH ! AH BON ? ON EST EN SEMAINE ?
Prête-moi des vêtements !
EN TAXI !
SINON, POUR CHANGER DE TRAIN, JE FAIS UN DÉTOUR.
D'ICI, ÇA VA TE PRENDRE DES PLOMBES ! JE VAIS TE FILER UN COSTUME, ALORS VAS-Y D'ICI !
NON ! JE NE PEUX PAS ! MON SAC ET TOUTES MES AFFAIRES SONT CHEZ MOI.
Mais j'ai le cœur qui palpite à l'idée de mettre le costume de mon petit ami !
Ce sera pour la prochaine fois !
SCRATCH SCRATCH
TANT PIS !
JE TE RAMÈNE !
HEEEIN ?! PAS BESOIN !
TOI AUSSI, TU AS DU TRAVAIL, NON ?
AUCUNE IMPORTANCE ! AUJOURD'HUI, JE N'AI RIEN D'URGENT À FAIRE.
Tu vas encore fâcher Haruna !
NON, MAIS... C'EST QUE... LÀ, CHEZ MOI...
REMUE REMUE
ÇA M'INTÉRESSE PAS PLUS QUE ÇA DE VOIR LA TÊTE DE TON EX !
JE VAIS TE BALANCER À LA GARE, NE T'INQUIÈTE PAS !
« Me balancer », tu es cruel...

JE VAIS JUSTE PRENDRE UN CAFÉ AVANT DE PARTIR...
Pfuah
OUI. JE VAIS EN FAIRE !
PSCHTT
JE CROYAIS QU'IL SERAIT PLUS EN COLÈRE...
MAIS IL EST COMME D'HABITUDE.
JE SUIS TOUT DE MÊME SOULAGÉ QUE NOUS NE SOYONS PAS BROUILLÉS !
Monsieur Optimisme
UN PEU PLUS PAR LÀ-BAS, ÇA IRA ! MERCI !
TU M'AS VRAIMENT RENDU SERVICE. JE TE REVAUDRAI ÇA.
OUAIS ! ALORS, REVIENS JOUER AU SHÔGI AVEC MON GRAND-PÈRE.
Il t'attend tous les jours.
Hey! Mutsuki?
Hé ! Hé !
D'AC-CORD.

<C'EST BIEN TOI ! OÙ T'ÉTAIS PASSÉ ?!>
<JE M'INQUIÉTAIS !>
<JE... JESSE !>
<HEIN ? POURQUOI ?!>
<« POURQUOI ? ». JE T'AI DIT HIER QUE JE PARTAIS POUR SAITAMA AU MATIN.>
HEIN ?!
QUOI ?!!
(`Д´;)
J'arrive pas à formuler ça en mots... !!!
...
!!!!

J'avais pas besoin de m'inquiéter.
<C'EST TON FAMEUX PETIT AMI ?>
<BEN QUOI, MUTSUKI ?! T'ES ALLÉ FAIRE DES CABRIOLES AVEC TON MEC, HIER ?!>
<C'EST PAS...>
<ÇA SUFFIT ! PARS, VITE !>
Fais attention à toi !
PUSH
PUSH
<COMPRIS. COMPRIS. J'Y VAIS !>
<AVANT ÇA...>
<POURRAIS-TU M'INDIQUER LE CHEMIN POUR ALLER LÀ-BAS ?>
<MAIS D'ICI, C'EST TRÈS COMPLIQUÉ.>
<HEIN... ? C'EST QUOI, ÇA ? UNE CARTE ROUTIÈRE ? UN PLAN DES TRAINS ?>
FLAP
<JE VOULAIS TE LE DEMANDER HIER, MAIS...>
Hein... ?
<DISTRICT... DE CHICHIBU ?>
<IL FAUT QUE...TU PRENNES UN TRAIN LOCAL...>
?
Je comprends rien...
Où c'est ?
JAPAN
<AH ! AVEC MON TÉLÉPHONE...>
<MAIS MA BATTERIE S'EST ÉTEINTE TOUT À L'HEURE ! SI ON RETOURNE CHEZ MOI...>
12
<LAISSE TOMBER ALORS ! JE DEMANDERAI EN CHEMIN !>
<TU TRAVAILLES AUJOURD'HUI, NON ?>

<OUI... MAIS JE M'INQUIÈTE POUR TOI QUAND MÊME !>
D'abord, le train !
JAPA
<ÇA IRA ! JE ME DÉBROUILLERAI.>
<MAIS...>
CRIII
GNIP
FLAP
SHU !
PARDON. AIDE-MOI UNE MINUTE.
IMBÉCILE ! C'EST DANGEREUX !
LA VOITURE ROULE !
FWAP
DIS, TU SAIS COMMENT ALLER LÀ-BAS ?
HMM ? C'EST UNE CARTE EN ANGLAIS ?!
OUI, DÉSOLÉ !
CRIII
ATTENDS UNE MINUTE.
JE REGARDE MA CARTE.
MERCI !
MAP
CARTE ROUTIÈRE DU KANTO

IL Y VA EN TRAIN ?
C'EST CE QU'IL DIT.
D'ICI, IL Y A PLUSIEURS CHANGEMENTS !
CARTE ROUTIÈRE
IL FAUDRAIT QU'IL PRENNE UN BUS POUR ARRIVER JUSQUE-LÀ !
...
... JE SUIS DÉSOLÉ !
JE NE PENSAIS PAS QUE VOUS VOUS RENCONTRERIEZ COMME ÇA...
HMM ?
ET EN PLUS, J'AI LE CULOT DE TE DEMANDER LE CHEMIN !
...
ET TON TRAVAIL ? IL EST DÉJÀ PLUS DE 7H30 !
QUOI ?!
OUAH ! C'EST VRAI !
C'EST LA CATA !
VAS-Y ! JE M'OCCUPE DE LUI.
FLAP
FLAP

... HEIN ?
QU'IL MONTE DANS LA VOITURE ! JE VAIS L'EMMENER QUELQUE PART D'OÙ IL POURRA FACILEMENT Y ALLER.
QUOI ?
... NON, ATTENDS UNE MINUTE !
<MUTSUKI, TU AS TROUVÉ ?>
<SI J'Y VAIS PAS MAINTENANT, JE VAIS MANQUER MON RENDEZ-VOUS.>
IL N'EN EST PAS QUESTION... !
<NON. EUH...>
<... IL A DIT QU'IL ALLAIT T'EMMENER QUELQUE PART D'OÙ CE SERA FACILE D'Y ALLER...
MAIS ON ABUSE UN PEU...>
<SÉRIEUSEMENT ?>
<IL ME SAUVE LA MISE !!>
QUOI... ?
Il va monter avec Shu... ?

<C'EST VRAIMENT D'ACCORD ? ÇA NE TE DÉRANGE PAS ?>
<JE T'EN PRIE.>
QUOI... ?
Thanks a lot!
ATTEN-DEZ... !
Euh...
<PUISQUE TU INSISTES, JE MONTE !>
<T'ES UN BON PETIT AMI.>
<TOTALEMENT DIFFÉRENT DE CE QU'IL M'AVAIT DIT !>
Hug!
<MERCI POUR TOUT, MUTSUKI !>
<AH, OUI. FAIS ATTENTION À...
TOI...>
Je suis mal...
AH !

<OUI, D'ACCORD.>
Ah !
<NON ! C'EST-À-DIRE QUE, TOUT COMPTE FAIT, JESSE, ARRÊTE AVEC...>
MUGNN
GYAAAH !!
Oui ! Oui !! J'arrête !
<HÉ ! DIS DONC !!>
<JE REVIENS ICI DANS ENVIRON UNE SEMAINE.>
<JE TE RECONTACTERAI À CE MOMENT-LÀ !>
<SALUT !>
Hello!
TCHAC
...
QU'EST-CE QUE...
ÇA VA BIEN POUVOIR DONNER ?
Gulp

‹DÉSOLÉ ! DE TE FAIRE JOUER LES CHAUFFEURS...›
‹TU ME SAUVES !›
‹DE RIEN...›
DRIIING
DRIIING
DRIIING
‹ÇA SONNE ! TU NE DÉCROCHES PAS ?›

TRRR
POURQUOI IL NE DÉCROCHE PAS ?
RÉPONDS ! SHUUU !!
TRRR
IL S'EST DÉJÀ PASSÉ QUELQUE CHOSE ?!
TRRR
...
Super inquiet
AH !
Mince ! S'il ne répond pas maintenant, je vais être en retard !
C'est le blues du salary-man...
AVEC QUELQU'UN COMME JESSE, ÇA DEVRAIT BIEN SE PASSER, NON... ?
IL A COUPÉ SON PORTABLE !
C'ÉTAIT PEUT-ÊTRE MUTSUKI... ?
Le pauvre.
Pas vraiment.
<NAKAGAWA...>
<IL PARAÎT QUE TU N'AS JAMAIS DIT À MUTSUKI QUE TU L'AIMAIS ?>
UNE BOMBE !
Sans préavis...
IL LANCE...
...

<ÇA LE REND TRISTE !>
<DIS-LE-LUI !>
<SELON LUI, LES JAPONAIS ONT DU MAL À VERBALISER LEURS ÉMOTIONS...>
<MAIS IL FAUT DIRE LES CHOSES IMPORTANTES !>
<... HEY ? TU M'ÉCOUTES ?>
<JE PARLE TROP VITE ?>
EUH...
MUT-SUKI EST...
<J'AI ENTENDU.>
<AH BON ?>
<ALORS, QU'EN PENSES-TU ?>
<QUI SAIT ?>
SILENCE
« QUI SAIT ? »
GRRR
ÇA VEUT DIRE QUOI, ÇA ?
JE SAIS PAS DU TOUT CE QU'IL PENSE...
C'EST BIEN UN JAPONAIS.

‹NAKAGAWA…›
‹JE TE CONFIE MUTSUKI.›
‹À PARTIR DE LÀ, TU CHANGES UNE FOIS ET TU DESCENDS.›
‹ENSUITE, TU PRENDS LE BUS.›
‹ENTENDU. MERCI POUR LE MÉMO.›
‹TU M'AS VRAIMENT SAUVÉ LA MISE ! MERCI.›
‹DE RIEN…›
‹MAIS JE VEUX QU'IL SOIT HEUREUX…›
‹JE N'AI PAS ENVIE DE LE VOIR TRISTE !›
‹LUI ET MOI, NOUS SOMMES JUSTE AMIS MAINTENANT…›
‹ALORS, AIME-LE COMME IL FAUT !›
Et Mutsuki se sent bien avec ce type… ? C'est un mystère de l'Orient…
VRRRR
…
‹FINALEMENT, IL A PAS DU TOUT CAUSÉ… ! IL A RIEN COMPRIS, HEIN !›
‹SALUT !›
Have a goodday!

<JE VAIS APPELER MUTSUKI.>
<IL DOIT S'INQUIÉTER !>
HAHAHA
Mission accomplie !
ZUUM
JE SUIS VRAIMENT DÉSOLÉ POUR AUJOUR-D'HUI !
ZUUM
JE NE PENSAIS PAS QUE ÇA EN ARRIVERAIT LÀ...
ZUUM
Haa
Il fait chaud !
... ÇA S'EST BIEN PASSÉ ?
QUOI DONC ?!
ZUUM
JESSE NE T'A RIEN DIT DE BIZARRE... ?
... NON.
IL M'A DIT...
UNE CHOSE INCOM-PRÉHEN-SIBLE.
IL EST TACITURNE. C'EST UN TRUC DE SAMOURAÏ ?
IL PARLAIT TROP VITE. J'AI PAS COMPRIS LA MOITIÉ DE CE QU'IL DISAIT !
TAC
TAC
TAC
Ha ! Ha ! Ha !
C'EST VRAI QU'IL PARLE À TOUTE VITESSE !
IL M'A APPELÉ POUR ME DIRE QU'IL ÉTAIT ARRIVÉ SANS ENCOMBRE !
AH BON ? TRÈS BIEN.
IL TE REMER-CIE.
OK !
IL EST VRAIMENT COMME D'HABI-TUDE.
IL S'EN MOQUE PEUT-ÊTRE.

ÉCOUTE... !
SWAP
MOI AUSSI... JE TE REMERCIE VRAIMENT POUR AUJOURD'HUI !
HMM ? LAISSE TOMBER !
J'EN SERAIS HEUREUX, MAIS...
OUI, MAIS TU SAIS...
J'ÉTAIS FRANCHEMENT NERVEUX À L'IDÉE QUE ÇA SE PASSE MAL.
MERCI D'AVOIR ÉTÉ GENTIL AVEC JESSE.
... DE RIEN.
C'ÉTAIT L'OCCASION.
ZWIP
ZWIP
OUI. MAIS...
MERCI QUAND MÊME...
GRAND FRÈRE ! VA VITE PRENDRE TON BAIN !!!
Hé... !
O... OK !

FRISH
FRISH
TAP
TAP
Ha ! Ha ! Ha ! Ça m'étonne pas que ça soit animé !
Ah !
IL EST REVENU, JE RACCROCHE !
GRAB
HEIN ? QUOI ?
ARRÊTE AVEC ÇA !
AH, OUI !
OUI, ENTENDU. JE LUI DIRAI !
BON, FAIS ATTENTION EN Y ALLANT !
Salut ! Bonne nuit.
DÉSOLÉ.
C'ÉTAIT JESSE.
Tout soumis
SON ONCLE VA L'ACCOMPAGNER POUR DISPERSER LES CENDRES...
JE SUIS PLUS RASSURÉ.
... AH BON ?
LÀ, IL EST EN TRAIN DE SE SAOULER AVEC DES GENS DU VOISINAGE...
Il avait l'air de s'amuser !

ET PUIS...
QUAND IL REVIENDRA ICI, JESSE VOUDRAIT NOUS INVITER TOUS LES DEUX À MANGER AVANT DE RENTRER CHEZ LUI...
QU'EN PENSES-TU ?
J'IRAI PAS !
... ÉVIDEMMENT... C'était sûr...
... ET MOI, JE PEUX Y ALLER ?
CE SERA LA DERNIÈRE FOIS QUE JE MANGERAI AVEC LUI...
FAIS COMME TU VEUX !
T'ES GRAND, NON ? DÉCIDE PAR TOI-MÊME !
HEIN ?!
JE PEUX ?!
TIENS ?
C'EST VRAI ?!
JE ME SENS UN PEU DÉCOURAGÉ...

J'ÉTAIS POURTANT RÉSIGNÉ À CE QU'IL SE METTE EN COLÈRE...
OUI.
QUOI... !
CONTRAIREMENT À CE QU'IL M'AVAIT DIT, IL NE M'ENCHAÎNE ABSOLUMENT PAS.
COUPE-MOI ÇA !
COUPE LES PONTS AVEC TES EX.
JE SUIS UN HOMME DIFFICILE !
CROC
IL SE RETIENT PEUT-ÊTRE ARDEMMENT...
JE LE RE-GRETTE UN PEU.
... C'EST ÉGOÏSTE, HEIN ?
HMM ?
RIEN.
Ah !
NOUS IRONS CHEZ KOTCHAN, ALORS N'AIE AUCUNE CRAINTE.
HUMPF ...
TU PEUX TOUJOURS NOUS REJOINDRE !
JE TE DIS QUE JE NE VIENDRAI PAS !

TOI, VRAIMENT !
PFFFFF
MÊME SI C'EST POUR UNE FÊTE D'ADIEU...
C'EST VRAIMENT UN MANQUE DE TACT DE SORTIR TOUT SEUL AVEC TON EX !
QUOI ? MAIS IL A DIT QUE JE POUVAIS ?!
Kotchan est comme mon grand frère !
Vraiment ?
FRSHH
C'EST ÇA LE PROBLÈME, NON ?
FFFRSHH
S'IL TE DIT QUE TU PEUX, C'EST BON.
MAIS « FAIS COMME TU VEUX » ET « TU PEUX », C'EST PAS LA MÊME CHOSE !
APPRENDS À DÉCRYPTER UN PEU MIEUX LES SOUS-ENTENDUS DE NOTRE LANGUE !
Là-dessus, tu es vraiment comme un étranger.
... LES SOUS-ENTENDUS ?
QUOI QU'IL EN SOIT, BIENVENUE À TOI, MON BEAU ! ♡
Tempura for you ! ♡
From me ! ♡
Thanks♡
Pour toi, y'a que le physique qui compte, hein !

QU'EST-CE QU'IL Y A, MUTSUKI ?
TU T'ES DISPUTÉ AVEC LE SAMOURAÏ À CAUSE DE MOI ?
NON ! ON S'ENTEND BIEN !
C'est quoi, cette histoire de samouraï ?
ALORS, ÇA VA...
DÉCRYPTER LES SOUS-ENTENDUS...?
C'est dur le japonais !
COMME J'Y ARRIVAIS PAS, J'ÉTAIS PERSÉCUTÉ AU COLLÈGE ET AU LYCÉE... !
Je pige jamais les allusions, moi
AU FAIT, LA DISPERSION DES CENDRES S'EST BIEN PASSÉE ?
TANT BIEN QUE MAL ! UN AMI DE MON ONCLE NOUS A EMMENÉS EN BATEAU...
HA ! HA ! HA !
MAIS IL TANGUAIT ÉNORMÉMENT ET MON ONCLE A VOMI.
C'était vraiment horrible.
ALLONS BON ! IL A MANGÉ EN SENS INVERSE...
...
BLAH BLAH
AAAH ! C'ÉTAIT TROP BON !

TCHING ♥
C'ÉTAIT ABSOLUMENT DÉLICIEUX, KOTARO !
Ha ! Ha ! C'est bien de Jesse, ça... !
JE REVIENDRAI, C'EST SÛR !
MMOUI ! ♡
MÉGA EXTASE
ÇA TE SUFFIT ? TU ES RASSASIÉ ?
Je suis amoureux... !!
EN FAIT, JE VOUDRAIS MANGER DES RAMEN.
DES RAMEN ! TU ES UN SALARYMAN, OU QUOI ?!
Ha ! Ha ! Ha !
Kotchan, je voudrais commander...
C'EST BON ! IL Y A UN TRÈS BON RESTAURANT DE RAMEN À CÔTÉ. ALLONS LÀ-BAS.
Yes !
... ?
... KOTCHAN !
GULP
CE COCA A UN DRÔLE DE GOÛT... ?!
ATTENDS ! NE DIS PAS DE BÊTISES !
JUSQU'À MAINTENANT, IL ÉTAIT NORMAL, NON ?
ÇA SERAIT PAS MON RUSSIAN COKE ?
... C'EST VRAI.
Pardon.
TON RUSSIAN COKE ?
Du coca russe ?
No!
DU COCA AVEC DE LA VODKA.
COKE
VODKA
DE LA VODKA...
Oh...

OUAH !!
PAS POSSIBLE. ÇA VA ?
IL EST ALLONGÉ AVEC DE LA GLACE, TU SAIS. C'EST PRESQUE DE L'EAU !
OMG!
J'AI BU DE L'ALCOOL !!
J'suis désolé...
Ne boit jamais.
OUI, MAIS MOI L'ALCOOL...
TU ES AU COURANT DE MON INTOLÉRANCE À L'ALCOOL ?!
EH BIEN... ?
Pas vraiment.
SI TU ES SI INQUIET, TON PETIT AMI PEUT VENIR TE CHERCHER, NON ?
SI TU L'APPELAIS ?
EUH...
...
FLUFF
GAFFEUR INCORRIGIBLE !
ARGH !
TU ES TROP NÉGLIGENT, À CHAQUE FOIS !!
... NON, IL VA S'ÉNERVER...
T'ES UN GAMIN, OU QUOI ?!
C'EST BON ! ÇA VA !
C'ÉTAIT PRESQUE DE L'EAU, HEIN !
VRAIMENT ? TIENS, DE L'EAU.
CLING
MERCI.

<ÇA M'INQUIÈTE... JE TE RACCOMPAGNE CHEZ TOI ?>
<C'EST BON ! JE VAIS BIEN !>
<AH, AU FAIT, LES RAMEN...>
<LAISSE TOMBER !>
<ON FERAIT MIEUX DE NE PAS BOUGER !>
AH !
DIS, KOTCHAN, TU AS DES RAMEN ?
<VRAIMENT... ?>
DES RAMEN ?
JE PEUX FAIRE DES NOUILLES CHINOISES !
ALORS ÇA, POUR JESSE !
<KOTCHAN VA TE FAIRE DES RAMEN.>
OH♡
Chouette, hein !
CLING
J'AI L'IMPRESSION QUE MA TÊTE TOURNE UN PEU...
C'est juste...
MON IMAGINATION. MON IMAGINATION.
Ha ! Ha... !

<ÇA VA, MUTSUKI ?>
<HMM ? ÇA VA !>
<FAIS PAS ÇA...>
RLAN
BIEN-VENUE !
TIENS, JEUNE HOMME !
TU AS FAIT VITE !
C'est le pouvoir de l'amour ?
!!!
VLAK
<OOH... ?>
<HOULÀ ! ÇA VA ?>
FLAAAH
GRASP
<O... OUI.>

Hé ! Hé !
DÉSOLÉ, MON PETIT MUTSUKI !
JE M'INQUIÉTAIS QUAND MÊME, ALORS JE L'AI APPELÉ ! ☆
AH... MERCI.
EUH... PAR ÉTOURDERIE, J'AI BU DU COCA AVEC DE L'ALCOOL...
«ALLEZ, MUTSUKI ! TU DEVRAIS T'ASSEOIR !»
QUE COMPTES-TU FAIRE ?
QUOI ?
TU RESTES ENCORE ?
OU TU RENTRES AVEC MOI ?
JE RENTRE...

Mange ! ♥
AH ! QUEL TRUBLION !
DÉSOLÉ QU'IL T'AIT LAISSÉ SEUL !
VOILÀ, POUR M'EXCUSER.
MERCI, KOTARO.
TU ES GENTIL ! JE T'ADORE !
KYAAAAAH
TIENS... ? C'EST TOUT SOMBRE.
IL N'Y A PERSONNE ?
ILS SONT TOUS LES DEUX CHEZ DES PARENTS.
ILS NE RENTRERONT PAS CE SOIR.
AH BON... ?
Alors, on est seuls ! ♥
DIS... EXCUSE-MOI POUR TOUT À L'HEURE ! J'AI ÉTÉ DISTRAIT.
JE ME SUIS TROMPÉ, ET J'AI BU LE RUSSIAN COKE DE JES...
SPLAF

FLAH
BOM
... ?
TU ES VRAIMENT IRRÉFLÉCHI !
TU T'EN RENDS COMPTE ? QUE TU VAS TOUJOURS VOIR AILLEURS !
TU CROYAIS QUE ÇA NE M'ÉNERVERAIT PAS ?
TU PENSAIS QUE ÇA NE ME FERAIT RIEN QUE TU PASSES LA SOIRÉE AVEC LUI ?!
ALORS QUE J'AI LAISSÉ PASSER UN TRUC VRAIMENT LIMITE, SI JE TE QUITTE DES YEUX, VOILÀ CE QUE ÇA DONNE ?!

S... SHU ?
... DIS DONC, TOI...
MAIS...
... AVEC CETTE EXPRESSION...
IL ME FAIT PEUR...
C'EST QUOI, « ÇA » ?!
... C'EST QUE...
...
... TU VAS T'ÉNERVER, ALORS JE NE TE LE DIRAI PAS.
JE SUIS DÉJÀ EN COLÈRE !
HÉ !
POP
!
GLOUPS

QUAND TU ES EN COLÈRE, TU AS L'AIR SEXY...
TU ES VRAIMENT SÉDUISANT...
DIS DONC TOI...
TU PARLES SÉRIEUSEMENT... ?!
C'EST POUR ÇA QUE JE NE VOULAIS PAS TE LE DIRE... !
... T'ES VRAIMENT UN CAS DÉSESPÉRÉ !
... HUN !
AH...
UH...

AH...
N... NON ! PAS ÇA !
LA FERME !
NO... !
CARESSE
PLOC
AH... !
... UH !
PLOC
QUAND AS-TU JOUI ?!
JE N'AI POURTANT ENCORE RIEN FAIT.
AH...
T'ES VRAIMENT FACILE COMME MEC.
UH...
AH ! HUN...
PLOTCH
A... ATTENDS ! PAS ENCORE...
TU Y VAS FORT. JE SUIS À PEINE...
JE VAIS ÊTRE VIOLENT !

LÈVE LES HANCHES !
HMM... !
AH...
Haa
SHU...

SNIF
FRITCH
SWIP
...
AH... OÙ VA-T-IL ? MOI AUSSI, JE...
UUH ! JE PEUX PAS BOUGER...
AH ! UN YUKATA ?

IL EST TROP BEAU... Même de dos...
UH ! JE PEUX PAS ME LEVER !
JE VEUX PAS... RESTER SEUL !
PLOC
SPLASH
TOUT FROID
?!
C'EST FROID... ?!
C'EST QUOI ?
ZWIP
JE TE RAFRAÎCHIS !
HEIN... ?
... OUI.
MAIS ÇA SERT À RIEN, CE TRUC...
... PEU IMPORTE.
... HMM.

CARESSE
...
... JE SUIS DÉSOLÉ ! JE SUIS INCAPABLE DE DÉCRYPTER LES SOUS-ENTENDUS...
JE NE PENSAIS PAS QUE ÇA TE DÉPLAISAIT AUTANT...
PARCE QUE SI TU NE ME LE DIS PAS CLAIREMENT, JE NE COMPRENDS PAS...
... C'EST CE QU'IL SEMBLE.

... QUANT À MOI...
JE VEUX RESPECTER TA FAÇON DE PENSER.
PUISQUE TU ACCEPTES MON MANQUE DE SOUPLESSE...
MAIS, EN DÉFINITIVE...
QUAND ÇA ME PLAÎT PAS, ÇA ME PLAÎT PAS !
JE NE PEUX PAS RESTER À REGARDER EN SOURIANT.
JE SUIS UN HOMME MESQUIN !
PAS DU TOUT...
... JE DÉTESTE NE PAS POUVOIR MAÎTRISER MES SENTIMENTS.
ET ME COMPORTER ÉGOÏSTEMENT, COMME UN GOSSE.

... VOILÀ POURQUOI JE RÉPUGNE À AIMER !
« TU RÉPUGNES » !
JE NE VEUX PAS QUE TU DISES ÇA !
MOI, J'ÉTAIS CONTENT QUE TU SOIS EN COLÈRE !
JE SERAI HEUREUX QUE TU DÉVERSES TES ÉMOTIONS SUR MOI.
JE NE SUIS PAS DU TOUT CONTRE.
...
T'ES UN GROS MASOCHISTE INCURABLE, TOI... !
PFF ! PFF... !
FRITCH
... TU AS MAL ?
NON !

…
ÇA TE VA TROP BIEN ! T'ES SUPER BEAU ! ♡
ÇA FAISAIT LONGTEMPS QUE JE VOULAIS TE VOIR EN PORTER UN.
HEEEIN ?!
Hé ! Hé !
Hé ! Hé !
… CES BAVARDAGES SONT-ILS NÉCESSAIRES ?
HMM ?
CARESSE
CARESSE
… TU NE VEUX PAS QUE JE M'EXCUSE ?
JE PRÉFÈRE QUE TU M'EMBRASSES.

SMACK
SMACK
HMM...
HA ! HA !
QUOI ?!
HMM ? TU SAIS AUSSI FAIRE CE GENRE DE BAISER.
COMME QUOI ?
DOUX.
POUR LE FUN.
IDIOT.
... CE N'EST PAS UN JEU !
JE SUIS TOUJOURS SÉRIEUX.

... JE TE DRAGUE.
IDIOT.
C'EST NUL COMME NUMÉRO DE CHARME.
ARRÊTE !
SILENCE !
TAIS-TOI ET LAISSE-TOI SÉDUIRE !
... UH !

DRIIING ♪
DRIIING ♪
... HÉ !
DRIIING ♪
TON TÉLÉPHONE SONNE !
HMM...
HMM...

TU NE DÉCROCHES PAS ?
C'EST TON EX !
DRIIING
!!
VLAM
AH ! C'EST VRAI !
IL REPART AUJOURD'HUI... D'après ce qu'il a dit...
...
DRIIING
... EUH...
TIENS ?
?
TU PEUX L'ÉTEINDRE !
DRIIING
SI TU ES CONTRE, JE NE LUI PARLERAI PLUS.
HUMPF...
DRIIING
...

OUAH !
HOP
DÉCROCHE ! C'EST TON AMI, NON ?!
QUOI ?
RESTE COMME TU ES.
QUAND QUELQUE CHOSE ME PLAIRA PAS, JE TE LE DIRAI.
D'ACCORD !
RESTE PAS TROIS PLOMBES AU TÉLÉPHONE ! QUAND T'AURAS FINI, CHANGE-TOI ET DESCENDS.
HARUNA ET GRAND-PÈRE VONT BIENTÔT RENTRER !
OUI !

FFFFTT
ON EST RENTRÉS !
AH ! CES CHAUSSURES !
TU ES LÀ, MUTCHAN ?
OUI ! DÉSOLÉ DE VOUS DÉRANGER !
C'EST PARFAIT ! TU N'AS PAS ENCORE DÉJEUNÉ, HEIN ! J'AI RAMENÉ DES NOUILLES DÉLICIEUSES. MANGEONS-LES TOUS ENSEMBLE !
ON FAIT UNE PARTIE DE SHÔGI AVANT...
ARRÊTE ! TU Y JOUERAS APRÈS MANGER !
JUSTE UNE PARTIE...
IRRÉSISTIBLE IVRESSE 2 / FIN

*ROI

J'AI LA DALLE ! ON FAIT COMMENT POUR MANGER ? ON SORT ?
OUAIS !
ALORS, JE VAIS ME CHANGER !
GIGOTE
TU VEUX MANGER QUOI ?
MOI, JE PRENDRAI DU KATSU-DON !
...
FLAP
DU KATSUDON AU CURRY AUSSI, CE SERAIT BIEN !
AU FAIT, IL Y A UNE PIZZERIA DANS LE COIN...
SHU ?
...
... SHU.
SCHLAP
GYAAH ! ♥ ÇA L'A EXCITÉ DE ME VOIR ME CHANGER ?! MAIS, AVANT DE MANGER ...
C'est sale !!
... QU'EST-CE QUI ARRIVE À TON VENTRE ?
Il gonfle... !!
?!
POUING
ARRÊTE LES TRUCS FRITS !
Et le coca.
POUING
POUING
Hé ! N'appuie pas dessus !

... J'avais l'intention de dessiner une petite histoire de plus, mais, faute de temps, je n'ai pas pu. Désolée. C'est déjà la fin de l'année ! (Pardon d'être si lente...)

Au fait, je suis Toko Kawai. Bonjour et merci d'avoir acheté mon manga.

Voici le deuxième tome d'Irrésistible Ivresse ! Le précédent se terminait juste après que Haruna et Shu aient commencé à sortir ensemble, et j'ai donc pu dessiner à loisir leurs amours dans celui-ci.

À l'origine, je n'avais pas prévu de dessiner un deuxième volume, et quand on m'en a parlé, j'étais un peu déconcertée. Quand je réfléchis sur une histoire, je dessine après avoir imaginé la dernière page, mais comme je devais à nouveau refaire une fin après celle du premier volume, j'étais très hésitante.

Finalement, j'ai fini sur la tête du patron (rires), ou quelque chose dans le genre !

Il semble... qu'il y aura un 3e tome (chuchote).

Pour la troisième fin... que vais-je bien pouvoir faire... ?

Pendant que je me tracasse, si vous tombez encore sur mes mangas, lisez-les s'il vous plaît !

Sur ce, je souhaite que nous puissions nous revoir à nouveau !

Toko Kawai

Découvrir le nouveau site de Taïfu :

L'ATELIER

c'est là ou vous trouverez, les projets en cours, les artworks des artistes, et toutes les créations de Taïfu.

manga-taifu.com

Allez sur la page : www.manga-taifu.com ^^

Vous pouvez accéder à la page « Atelier » via la barre des menus,

ou bien même par le bouton « atelier découverte ».

Bravo : vous avez réussi,
Vous voici sur la page « Atelier » !

Sur cette page vous trouverez en illustration le projet du jour, ainsi que la liste des projets.

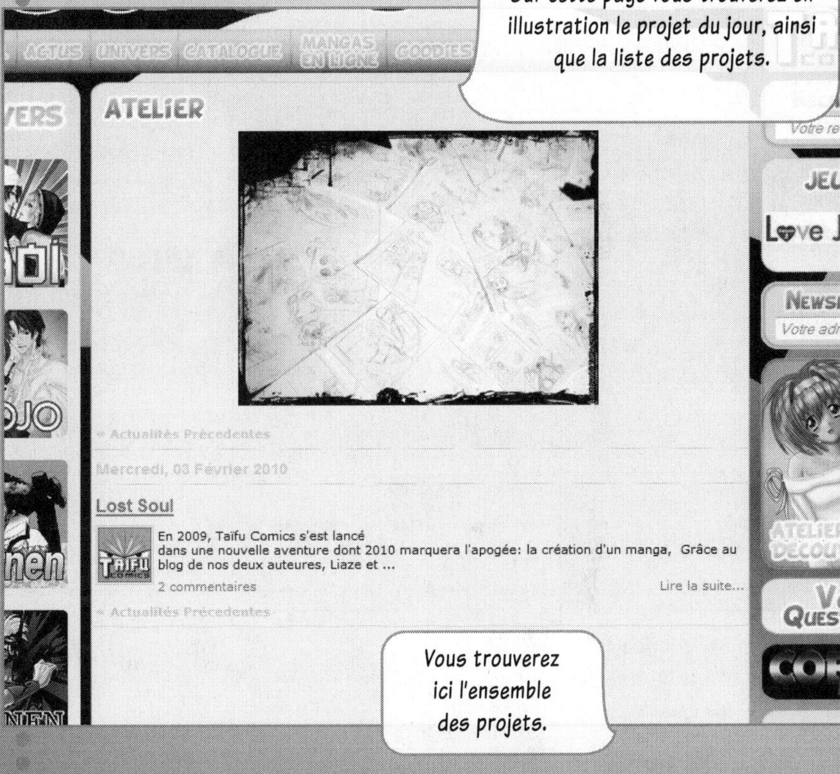

Vous trouverez ici l'ensemble des projets.

manga-taifu.com

Super !
Vous voici sur la page « Univers»
de votre choix ! (Les autres univers
sont toujours accessibles ...)

>>>

Dans l'univers choisi vous
trouverez toutes les infos sur vos
séries préférées : actualités,
nouveautés, dossiers et
les futures sorties.

À droite de votre écran
vous pouvez accéder à
la totalité du catalogue
(ici le catalogue Yaoi).

manga-taifu.com

Bravo : vous avez réussi,
Vous voici sur la page « Jeux » !

manga-taifu.com

Découvrir le nouveau site de Taïfu :

DOSSIERS

Les dossiers sont des articles sur les séries s'adressant aussi bien aux lecteurs qu'aux professionnels. Retrouvez-y des infos sur vos héros.

manga-taifu.com

Aller sur la page : www.manga-taifu.com ^^

Vous pouvez accéder à la page « Dossiers » via la barre des menus,

ou bien même par l'illustration « Dossier » (ici le dossier cobra).

TAIFU COMICS

Dans la page « Dossiers », vous pouvez choisir le votre !

Vous avez séléctionné votre dossier, vous y retrouvez des illustrations, un synopsis, des informations et une analyse de la série.

manga-taifu.com

ATTENTION !

Cette bande-dessinée est publiée
dans son sens de lecture original japonais,
les bulles se lisant de droite à gauche.
Vous êtes donc ici à la FIN !

Originally Published in Japan in 2011 by Libre Publishing CO., Ltd..
French translation rights arranged with Libre Publishing co.,Ltd.Tokyo.

Libre

Dépôt légal à parution
ISBN 978-2-35180-531-2

Directeur de collection : Yves Huchez

Traduction : Emilie Nogaro
Correction et adaptation : Marie Hervé

Conception graphique : Jef.Mod
Adaptation graphique et lettrage : Anne Demars

Imprimé en France par Imprimerie JOUVE